Illustration de couverture :

Nocturne,
les charmes de l'effroi

© Céline Simoni

Edité par Nocturne (Montréal)

ISSN 1925-4229

Dépôt légal à parution.

Imprimé par Books On Demand

www.bod.fr

Encre et Ténèbres

Printemps 2011

http://www.nocturne-zine.com/

Les larmes du démon brûlent toujours l'âme du poète, qui de sa plume enchanteresse, exhibe ce mal sur un parchemin ardent. L'encre en est la matière, les ténèbres en sont l'inspiration.

N'avez-vous jamais sondé plus profondément ce marasme noirâtre, aperçu l'infâme portail qui vous mène vers des mondes inférieurs ? N'avez-vous jamais cauchemardé de monstres sordides jaillissant de grossières formules ésotériques ?

Laissez libre cours à votre imagination et faites de ces deux termes une sulfureuse alchimie !

Que l'encre engendre l'horreur ! Que les ténèbres encensent vos écrits !

A toi Jean-Louis,

Toi mon père qui est parti si tôt,

Sébastien Mazas

Je tiens à remercier ma famille, en particulier ma mère qui m'a toujours soutenu dans ce que je faisais et entreprenais, ainsi que mes amis, spécialement Anthony, mon collègue de plume, mon ami, pour ton soutien sans faille et ta collaboration. Je n'oublie pas les camarades forumeurs sans qui la toile publicitaire aurait bien du mal à se tisser. Gratifier aussi et surtout l'équipe de Nocturne, vous tous bénévoles, auteurs, réviseurs, illustrateurs, graphistes, chroniqueurs, webmasters, membres du comité de lecture, je vous remercie du fond du cœur pour le travail que vous avez effectué.

Sincèrement.

Et une dernière pensée pour toi papa, j'espère qu'ils ont de grandes étagères là-haut, car ce n'est ni la première ni la dernière revue que tu pourras tenir entre tes mains éthérées et ranger dans l'espace qui te sera dédié…

Je t'aime.

Editorial

Les premiers mots qui figurent dans cet édito représentent le respect, la confiance, le renouveau et l'évolution.

Le respect et la confiance, pour toi Marie Laporte, éditrice de Nocturne, le fanzine culte, qui m'a passé le flambeau de ce périodique littéraire. Fanzine qui, même s'il perd sa racine québécoise au profit d'une française, verra ses branches toujours fleuries par quelques bourgeons franco-québécois.

Renouveau car Nocturne, le fanzine culte laisse sa place à Nocturne, les charmes de l'effroi. Non, je n'allais pas laisser mourir ce périodique, moi l'adepte du fantastique et de l'épouvante, moi l'amoureux de l'horreur cosmique de C.A.Smith et de son écœurante fertilité. Mes yeux innocents sont tombés sur les écrits de ce poète californien, et les voilà, à jamais, prisonniers de sa diabolique verve. Qui plus est, on ne peut pas ignorer une telle expérience, celle de l'édition et de tout ce qui touche alentour.

En somme, moi petit français, je suis arrivé, j'ai vu, j'ai signé. Avé !

Et, me voilà embarqué, avec vous, chers lecteurs, dans de nouvelles aventures teintées d'horreur, d'épouvante et de fantastique.

Evolution, car oui, Nocturne CE a évolué. On a mis de côté les dossiers hantés et cinématographiques, faisant place à des critiques culturelles et aux *Chroniques de Lili*. On a remanié la revue, de la cave au grenier. Embellie ou dépravée, vous seul en serez les seuls juges.

De nouveaux projets, qui je l'espère vous tiendrons en haleine jusqu'au prochain numéro !

Pour le premier numéro de Nocturne, CE, on parle d' « Encre et Ténèbres ». Deux mots qui entourent bien le fanzine, encre pour la matière première qui le façonne, Ténèbres pour l'image qu'il propage.

Chaque publication est, en théorie, programmée sur le rythme de quatre publications par an. J'aurais voulu suivre le calendrier lunaire pour publier mais cela semblait être une tâche assez difficile… mais non moins impossible ! On verra plus tard, lorsque j'aurai acquis plus d'expériences !
A chaque numéro nous essaierons de posséder votre esprit à l'aide de quelques visions fantasmagoriques, mêlant 'horreur et l'étrange.

Je me joins à toute l'équipe et espérons que vous allez passer un agréablement et frissonnant moment de lecture.

Du haut de son siège cramoisi.
Auddrel alias Sébastien Mazas.

Illustratrice

Je tiens avant tout à remercier Nocturne pour m'avoir laissé cette page pour m'exprimer.

J'ai accepté l'aventure de faire cette première illustration de couverture pour Nocturne, tout d'abord car le projet me semble prometteur, mais aussi car il est lancé par des gens particulièrement motivés, et qui je l'espère, auront beaucoup de succès.

Mon travail en quelques mots :

Designer industriel de formation, l'illustration a toujours été ma passion depuis l'enfance. Autodidacte, j'ai commencé le digital painting en 2004, ce qui m'a permis de beaucoup évoluer dans l'illustration, et pouvoir envisager d'en faire une profession.

Pour voir mes travaux :
WWW.CELIMAGINE.COM

Textes

Curiosité malsaine
Syven

Encrée
Hélène Boudinot

Ça vous court sous la peau
Samia Dalha

L'homme au roman
Alice Ray

Un sang d'encre
Frédéric Gaillard

Jour de Colère
Bernard Weiss

Illustrations

Les démons de l'écrivain
Elie Darco

Masque, crâne et sang
Cyril Carau

Lili
Alda

Chronique

Visions nocturne de nos maux

Michaël Moslonka

Lorsque six plumes engendrent le fléau...

Curiosité malsaine

Syven

La maison Ruthwell était de notoriété publique la plus excentrique du quartier, à cause de sa proéminente tourelle affublée de vilaines sculptures de gargouilles. Son voisin direct, le respectable Mr. Prue, détestait cette construction laissée à l'abandon depuis des mois : le lierre grimpait jusqu'au premier étage, la peinture de la colossale porte d'entrée s'écaillait et les broussailles avaient envahi le parc qui prenait des allures de jungle inextricable.

Ce tableau empoisonnait la vue du bureau où le notaire passait le plus clair de son temps. Aussi l'arrivée d'une riche locataire lui avait redonné espoir, bien qu'il ait dû insister pour obtenir une entrevue. Il s'assura que son haut de forme était bien positionné et offrit un bras à sa tendre épouse, laquelle frissonnait sous sa cape de velours vert. Elle espérait autant que lui placer un mot au sujet de l'état général de la propriété.

Le crépuscule tombait tôt en novembre, plongeant la rue dans une pénombre glaciale. Le halo des lampes à gaz s'arrêtait aux grilles rouillées. Elles grincèrent en s'ouvrant. Au-delà, la lueur des fenêtres lointaines ne suffisait pas à percer les ténèbres. À mesure que les Prue approchaient, les ombres grandissaient la vieille demeure. Mr. Prue frissonna quand il en franchit le seuil.

Une domestique les débarrassa puis les introduisit dans un petit salon au mobilier surchargé de bibelots. L'atmosphère y était humide malgré les bûches qui flambaient dans la cheminée. Leur hôte, Miss Trina, les y attendait. Sous sa chevelure rousse tressée en couronne, l'ossature délicate de son visage lui conférait un air juvénile. Toutefois, ce qui retenait l'attention, c'était la dureté de son regard vert.

Elle leur proposa une tasse de thé qu'ils acceptèrent de bonne grâce. La conversation s'avéra difficile. La jeune femme ne semblait pas encline au bavardage, ce qui mettait Mrs Prue mal à l'aise.

— Vos parents comptent-ils vous rejoindre ici ? demanda-t-elle

— Ils sont morts. Je vis seule.

— Oh ! Quelle maladresse de ma part ! Vous m'en voyez navrée !

Miss Trina écouta d'une oreille distraite les excuses embarrassées de son interlocutrice. Mr Prue intervint :

— Nous sommes ravis d'avoir enfin une voisine, sachez le. Depuis que Lady Ruthwell s'est retirée chez son fils, son bien n'est pas entretenu. Si vous le souhaitez, je puis demander à mon jardinier de recruter de la main d'œuvre. En quelques jours, cette friche redeviendra un parc.

Miss Trina apprécia son offre.

— Le plus tôt sera le mieux. Je ne supporterai pas longtemps un paysage désolé.

Comme un nouveau silence s'annonçait, Mrs Prue repartit sur les problèmes d'entretien et s'inquiéta de l'état des autres pièces de la maison. Miss Trina répondit avec politesse, quoiqu'elle parût ailleurs, voire préoccupée. Mr Prue prit son mal en patience. Le lustre oscillait doucement sous le poids du cristal et des bougies. Du coin de l'œil, le notaire remarqua d'infimes mouvements dans un recoin sombre. Il sursauta au claquement du bois dans la cheminée.

— Vous ne devez connaître personne ici. Ce serait merveilleux de vous présenter à mon amie Margaret ! Vous verrez, elle est charmante, drôle et pétillante...

— Non, je vous remercie. Je suis en convalescence. Il me faut du repos.

Mrs Prue perdit toute velléité de poursuivre la conversation. D'un regard, elle en informa son époux. De toute façon, ils avaient obtenu ce qu'ils voulaient.

— Bien, il est temps de partir, conclut Mr Prue en se levant. Nous ne voudrions pas vous fatiguer...Ni nous attarder, songea-t-il pour lui-même, pressé de quitter cette demeure sordide.

En traversant les pièces, il sentit le poids d'un regard dans son dos. Il se retourna. Personne. Il avait dû rêver.

*

En dépit du mauvais temps, les travaux commencèrent le surlendemain. Un peintre s'attela à la tâche et une poignée d'hommes entreprit de démêler les broussailles. Le chantier promettait d'être long. Les ouvriers ne se montraient qu'en fin de matinée et ils repartaient dès que la lumière baissait.

La voisine sortait peu. Deux hommes passaient quotidiennement, sans rester longtemps. Depuis sa fenêtre, Mr Prue surveillait leurs allées et venues. Il arrivait que l'un d'eux se promène dans la rue, le nez en l'air. Tout cela excitait la curiosité du notaire.

Un véritable mystère entourait Miss Trina. De la part d'une personne aussi jeune, l'absence de contact avec des gens de son âge avait de quoi surprendre. Il revenait souvent à son poste d'observation ; de plus en plus, la maison le fascinait. Le soir surtout, dès qu'à la faveur de l'obscurité, les gargouilles de la tourelle semblaient prendre vie.

*

L'heure était tardive et une tempête secouait le quartier, affolant les arbres, arrachant des brassées de feuilles. La pluie crépitait contre les vitres tandis que Mr Prue achevait son courrier avec minutie. Sa plume traçait à l'encre noire des lettres brillantes sur le papier. Il s'interrompit pour jeter un coup d'œil à l'extérieur. En face, les fenêtres étaient illuminées.

Il lui restait une lettre à écrire quand le premier cri retentit. Il le mit sur le compte des rafales, aux sifflements longs et aigus. Au second hurlement, il bondit sur ses pieds.

Dans la brève lueur des éclairs, il aperçut Miss Trina en chemise de nuit qui hurlait contre le vent au beau milieu de son allée. Ses cheveux roux s'emmêlaient à chaque bourrasque et le tissu trempé par l'averse collait à son corps. Avait-elle perdu la tête ? Il se précipita au rez-de-chaussée, enfila son manteau et sortit en pantoufles, décidé à la renvoyer chez elle.

Une fois dehors, un grondement retentit dans les ténèbres, couvrant les hululements du vent et de la pluie. La voix stridente de Miss Trina retentissait, surnaturelle, livrant des imprécations latines avec une conviction d'hérétique. Mr Prue escalada les grilles cadenassées et se hâta de la rejoindre.

Devant la folle furieuse, les feuilles tourbillonnaient sur deux colonnes, telles des jambes immenses qui soutenaient une silhouette blafarde et translucide, dont les bras se terminaient par un long couteau d'os. Penché sur la femme, un visage anguleux, aveugle et cruel ouvrait une gueule aux dents effilées. Bras ballants, Mr Prue se pétrifia, terrifié à l'idée que l'abominable monstre ne l'embroche.

— Rentrez chez vous ! Maintenant ! Allez !

Un rire sinistre éclata dans la tête du notaire, occultant la tempête. Un vertige le prit, la douleur lui vrilla le crâne. Une gifle le ramena à lui. Miss Trina le secoua.

— Partez ! PARTEZ où je vous tue sur le champ !

Elle le bouscula encore. Enfin, Mr Prue fit se détourna de cette vision. Puis il s'enfuit. Il ne reprit vraiment ses esprits qu'une fois de retour à son bureau. Son manteau dégoulinait sur ses papiers. Il se saisit d'une feuille et trempa sa plume. Il y inscrivit un nom, en lettres noires et brillantes, un nom terrible, redoutable, celui qu'une voix rauque venait de lui murmurer.

Il ne dormit pas. Chaque fois que ses paupières se fermaient, il revoyait la silhouette spectrale aux orbites vides. Et puis il y avait ce murmure qui se frayait un chemin parmi ses pensées, ce nom qu'il cherchait à ignorer. Ce n'était qu'une question de temps, lui apprit la voix, avant qu'il ne tombe sous son emprise totale.

*

Mrs Prue s'inquiétait pour son époux qui ne lui avait pas parlé depuis le matin. Perturbé, il marmonnait en secouant la tête. Le nom de leur voisine revenait. Il parlait d'un monstre et ignorait ses questions. Finalement, elle envoya chercher un médecin, lequel partagea trouva l'état de son mari inquiétant : Mr Prue ne remarqua même pas sa présence. Le docteur lui prescrivit des somnifères et du repos.

En bonne épouse, Mrs Prue veilla sur lui, occupée à la broderie d'un mouchoir. Elle ne le quitta qu'un quart d'heure pour se choisir de la lecture. À son retour, elle lui trouva l'air serein. Elle mit un moment à se rendre compte qu'il était mort. Elle ne vit pas s'éloigner dehors l'un des hommes qui rendaient souvent visite à Miss Trina.

La semaine qui s'ensuivit fut une terrible épreuve que la

veuve surmonta avec dignité. Elle organisa de magnifiques funérailles auxquelles assistèrent des amis et une bonne partie du voisinage, à l'exception de Miss Trina.

Quand la voiture ramena Mrs Prue à son domicile, elle aperçut à travers les voilages d'en face la silhouette de la jeune femme. Avec amertume, la veuve songea que cette méprisable gamine avait volé les dernières pensées de son mari. Cette injustice acheva de la briser. Elle s'enferma chez elle sans sortir pendant des jours.

*

Il fallait bien ranger le bureau. À contrecœur, Mrs Prue pénétra dans ce sanctuaire où son époux avait coutume de travailler. Il l'avait laissé en désordre, ce qui ne lui ressemblait pas, mais aux vues de ses dernières heures, cela ne l'étonna pas outre mesure.

Elle s'installa dans le fauteuil de cuir, caressa le plateau de bois et admira la vue. Le parc voisin avait fait peau neuve. L'herbe rase, les arbustes taillés et les parterres nettoyés le transformaient. Son époux aurait été comblé de joie.

Avec soin, Mrs Prue classa le courrier. Elle écarta juste une note manuscrite, qui comportait un nom bizarre. Celui-ci lui revint à l'esprit plus tard dans la journée, pour ne plus la quitter.

*

De fort mauvaise humeur, Miss Trina tempêtait. Le monstre l'avait dupée, Il lui avait fait confondre rêve et réalité. Sans cela, jamais elle ne serait sortie en pleine nuit. Depuis, le Gothan persistait à lui infliger des illusions horribles aux heures sombres, mais elle ne se laissait pas distraire. Elle savait reconnaître Son excitation chaque fois qu'Il préparait un mauvais coup.

— Il se passe quelque chose.

— Nous avons éliminé Mr Prue il y a dix jours, dit l'homme derrière elle. Depuis, aucun membre de cette famille n'a paru affecté.

— Il a sûrement laissé quelque chose derrière lui. Sa veuve a passé sa matinée à la fenêtre. Cela ne lui ressemble pas. Assurez-vous que cette femme est saine d'esprit. Dans le cas contraire, faites tout brûler. Qu'il ne reste rien ! Pensez au nombre de victimes si jamais Il sort de l'ombre ! Il ravagera le quartier et ses alentours.

*

Mrs Prue perdait la tête. Des inconnus insistaient pour la voir, mais en elle-même, un murmure grondait qu'ils la tueraient. La peur lui ôtait tout discernement. Une main invisible la poussait vers l'étage. Elle se réfugia dans le bureau.

Les protestations du majordome s'élevèrent depuis l'entrée. Elle tourna dans la pièce, telle un animal pris au piège. Ces hommes venaient la tuer et un rire sardonique l'empêchait de réfléchir. Elle ne savait plus que faire, sinon obéir aux injonctions du murmure cruel.

La fenêtre.

Elle ouvrit grand les rideaux puis les battants. Un souffle froid s'engouffra dans la pièce, renversa les lampes et souleva les papiers qui s'éparpillèrent. Des pas rapides montaient les marches et le majordome s'égosillait. Elle grimpa sur le rebord. Il n'y avait qu'un étage.

Saute.

Elle survivrait à la chute. Ensuite, elle courrait en face. Elle invoquerait le Nom. Le cauchemar se terminerait. La voix le promit. Sa main lâcha, la porte s'ouvrit, Mrs Prue bascula en avant. Le sol se jeta à sa rencontre, et avec lui, les grandes jardinières qui se brisèrent sous son poids.

Sa nuque heurta le rebord d'un pot. Sa vie s'arrêta net.

Au-dessus, le majordome poussa un cri effaré. Les deux hommes le tirèrent en arrière sans qu'aucun ne prête attention aux feuillets qui retombaient côté jardin. L'un d'eux voleta vers la rue. Dessus, un nom en lettres noires brillait.

*

L'incendie illumina le quartier. Miss Trina contempla le spectacle avec la satisfaction du devoir accompli. Dans les ténèbres qui retenaient le Gothan prisonnier, celui-ci ricana. Ce n'était qu'une question de temps avant que sa prochaine victime ne cherche à L'invoquer, et alors, Il sortirait de l'ombre pour étancher Sa soif de cris et de sang.

- **FIN** -

Encrée

Hélène Boudinot

Aline.

Chaque jour, je me réveille avec ce prénom à l'esprit. Je suis Écrivain depuis une quinzaine d'années à présent, et je croyais connaître le pouvoir des mots.

J'avais tort.

Je me lève avec lourdeur et me traîne jusqu'à la cuisine pour m'y préparer une grande tasse de café. Je m'en occupe d'une main et allume la radio de l'autre. Annonces publicitaires. Une femme, à la voix sexy, vend les mérites de son hypermarché, et des ses prix ultra compétitifs. Ensuite, des paroles, que je ne connais que trop bien, viennent raisonner à mes oreilles. « La Corporation vous aide à...

— ... réaliser vos rêves, dis-je en accompagnant la voix hypnotique.

— ... La Corporation vous protège de vos cauchemars, poursuivent les petits haut-parleurs grésillants de mon poste. La Corporation vous propose du rêve. La Corporation croit en...

— ... vous. La Corporation est là pour vous. Venez à la Corporation. »

Cette page de propagande des marchands de rêve, mes propres employeurs, se termine et j'enfourne quelques tartines dans le grille-pain. La Corporation. C'est bien tout ce qu'il me reste...

Soudain, un mouvement.

Là.

Sur la gauche.

Je sursaute.

On aurait dit une ombre passant à toute vitesse devant la porte. La peur s'empare de moi, crispant chacun de mes muscles.

« Il... il y a quelqu'un ? »

C'est une hallucination. Rien qu'une hallucination.

Non, la voilà, elle est là. Elle se dresse devant moi. J'ouvre la bouche pour hurler mais je n'entends pas mon propre cri, tant le sang bat à mes tempes.

Aline porte la même petite robe rouge que le jour où elle a été assassinée. Ses longs cheveux noirs et bouclés dissimulent son visage. Elle lève la tête, toujours sans un mot.

Je peux la voir. La voir, semblable à ce qu'elle était la nuit où je suis allé identifier son corps. Ses pommettes tailladées à grands coups de cutter. La cavité sombre s'ouvrant à la place de son nez tranché. Des lambeaux de chairs, se décollant de ses lèvres arrachées. Ses joues maculées du liquide coulant de ses yeux percés.

La souffrance qui m'étreint le cœur m'empêche de respirer. Je m'effondre.

Cela fait bientôt huit mois que ma fille a été horriblement mutilée puis assassinée en plein cœur de Paris.

Huit mois que je dois sans cesse prouver à la Corporation que ce drame ne m'a pas rendu fou et, surtout, que je ne me livre pas à une utilisation frauduleuse de l'Encre.

La Corporation.
Tous les matins, je me retrouve devant ce bâtiment ultramoderne, tout en verre autonettoyant et en panneaux solaires. C'est là que je récupère mes commandes d'Encre et de Papier, en fonction de mes rendez-vous de la journée, pris par une secrétaire qui travaille directement ici. Quant à moi, j'officie dans mon petit bureau, pas loin de chez moi. Des conditions idéales, en apparence. Mais lorsqu'on travaille pour la Corporation, l'oppression n'est jamais loin.

Et pourtant, la Corporation, c'est tout ce qu'il me reste.

« Je voudrais… je voudrais voir la mer. Oh, avec tout l'argent que je gagne, je pourrais faire le déplacement, mais c'est vite fatigant. Et puis j'avais envie d'essayer un peu vos petits tours de magie ! Bien sûr, j'ai déjà fait

vos collègues, des Compositeurs ou des Artistes, mais… »
Le client en face de moi a le profil habituel : riche et sédentaire. Comme tous les autres, il ne se demande pas s'il y a des limites aux visions qu'on peut susciter avec l'Encre. Il sait déjà quelles questions je vais lui poser pour mieux cerner sa demande : souhaite-t-il une mer chaude, translucide sous un ciel d'un bleu

profond, et venant lécher un sable fin immaculé ? Ou une mer un peu plus agitée, dont les rouleaux charrieront une brise rafraîchissante tandis qu'il cherchera des coquillages au milieu des galets

Pas une fois mon client ne se demandera s'il ne court pas un risque. Si je ne pourrais pas faire appel à quelque chose de bien différent ?

Une mer noire, impétueuse, sur laquelle il naviguerait dans une frêle embarcation. Des flots sombres qui l'engloutiraient, lui emplissant les poumons d'une eau salée brûlante comme le feu.

Non, non, non. Ce n'est vraiment pas le moment de susciter de telles images.

Pourquoi mon client aurait-il peur ? Il sait bien que la Corporation garantit sa sécurité. La Corporation, qui nous donne notre licence, nous fournit en Encre et surveille le seul support qui la boit pour la projeter en visions : le Papier. Inutile d'essayer d'écrire, dessiner, ou tracer des notes de musique sur un mur, un morceau de tissu, ou une feuille de papier ordinaire avec de l'Encre. Les mots ne projetteront pas une illusion plus vraie que nature, les dessins ne s'animeront pas pour prendre vie sous vos yeux et vous raconter des histoires, et les partitions ne se joueront pas d'elles-mêmes à vos oreilles.

Quant à nos visions, elles doivent toujours être dans la tempérance, jamais dans l'excès. Pas de scènes violentes ou pornographiques, seulement des images aussi belles et calmes que des cartes postales animées. Et qui, bien sûr, ne comportent aucune empreinte affective.

Car il est interdit de susciter dans nos visions une personne ayant réellement existé, que ce soit dans l'entourage de notre client ou dans le nôtre. Les images créées seraient trop réalistes, et certaines vieilles histoires témoignent des débordements qui ont eu lieu dans le passé. La plus connue est celle de ce divorcé inconsolable qui demandait à chaque vision d'y faire apparaître son ex-femme, jusqu'à ce qu'un jour, à son réveil, la réalité se révèle trop difficile à supporter, et qu'il se tire une balle dans la tête.

Le suicide de cet inconnu me renvoie à mes propres drames. Aline... On aurait pu croire que sa mort violente me conduirait à glisser des représentations d'elle dans toutes mes créations.

Mais ce n'est pas le cas. Jamais Aline n'est apparue comme un fantôme dans une de mes visions... Jamais ! Alors qu'elle ne se prive pas pour le faire dans la réalité.

J'évacue toutes ces pensées et reporte mon attention sur mon client, qui a les yeux posés sur le Papier que je viens de noircir. Je sais que derrière son regard vide, il contemple désormais un paysage qui m'est invisible. Une mer semblable à la Méditerranée, venant lécher une plage bordée de pins parasols, au son des cigales.

L'air béat de mon client m'arrache un sourire. Travailler pour la tentaculaire Corporation est dangereux, mais utiliser l'Encre est une véritable drogue, et je ne pourrais jamais m'en passer. J'aime que mes mots aient un tel pouvoir. J'aime cette façon qu'ont mes clients de venir chercher, après une journée de travail bien remplie, un moment d'évasion dans une chimère de ma création. Un moyen de se mettre au vert sans quitter physiquement le béton de la ville.

Une parenthèse d'été au milieu de l'hiver.

Je sens soudain une démangeaison sous ma peau, un tiraillement désagréable. De la sueur dégouline le long de ma nuque. Quelque chose m'effleure le bras ! Je pousse un hurlement à faire pâlir les morts. C'est Aline, qui vient d'enfoncer ses doigts dans ma chair. Son visage n'est plus défiguré mais elle a un regard terrifiant, accusateur. Jamais elle ne m'a fait si peur !

Le client est toujours là, plongé dans son illusion qui ne devrait pas tarder à prendre fin. Il va la voir ! Et si j'avais introduit l'image de ma fille dans sa vision ? Aline ouvre la bouche. Je ne veux pas la regarder ! Je voudrais fermer les yeux et oublier enfin tout ça. Retrouver un semblant de sérénité. Je voudrais que rien ne se soit passé. Je voudrais presque ne jamais avoir eu ma fille, pour ne pas subir cette insupportable souffrance de l'avoir perdue. Des vers. Ce sont des vers que je vois grouiller sur sa langue, entre ses dents, sur ses lèvres...

Les bords de ma vision se rétrécissent, tandis qu'une vague de nausée m'assaille. Je me sens sombrer dans l'inconscience, la silhouette de ma fille dansant sur l'intérieur de mes paupières closes.

Je reprends connaissance dans un lit d'hôpital.

Mon client a dû appeler les secours. Et merde. La Corporation va sûrement être prévenue.

« Monsieur ? Comment vous sentez-vous ? »

Je me tourne vers le médecin qui se tient à côté de moi.

« Pas trop mal.

— Vous avez fait un petit malaise. Aviez-vous déjeuné ?

— Oui. Euh... non. Enfin, pas grand-chose. Je ne sais plus bien. »

Il me donne quelques recommandations pour éviter, à l'avenir, ce genre de désagréments. Puis il passe aux questions un peu plus personnelles, le sourire aux lèvres :

« Vous avez de la famille ? Une femme, je crois bien, non ? Aline, c'est ça ?

— Pardon ? Je... Non... Comment... Comment connaissez-vous...

— Oh je suis désolé, je ne voulais pas vous mettre m a l à l'aise. C'est votre tatouage qui m'a fait penser que... Enfin bref, je vous laisse, une infirmière passera bientôt.

Il sort.

Un tatouage ? Mais de quoi parle-t-il ? Je ne me suis jamais fait tatouer ! Surpris, je retrousse les manches de ma chemise d'hôpital. Et c'est là. Je le vois.

Son prénom.

Aline.

Incrusté dans ma peau.

Au bord d'un nouvel évanouissement, je laisse mes pensées m'entraîner huit mois en arrière, peu de temps après le drame...

Je suis allé à la morgue, hier.

Je n'avais jamais vu de cadavre auparavant. Je ne m'attendais pas à ce que le premier corps auquel j'allais être confronté soit celui de ma fille.

Un psychopathe. La rencontre d'un déséquilibré et de mon Aline, qui était là, au mauvais endroit, au mauvais moment. « Ça aurait pu arriver à n'importe qui », a commenté maladroitement l'inspecteur.

Et après tout, qu'est-ce que ça peut me faire ?

Pourquoi l'identité de l'assassin de ma fille m'importerait ? Tout ce que je sais, c'est que je ne la reverrai plus. Que plus jamais nous ne passerons de temps ensemble. À mettre la table, et à nous disputer pour choisir le menu. À parler de ses professeurs. De son amoureux. À assister à ses spectacles de danse africaine. À nous rappeler sa mère, que la maladie nous a arrachée il y a si longtemps. Je ne connais que trop bien cette terrible absence. D'abord ma femme. Maintenant ma fille. Se dire que, sur toutes ces années que j'ai déjà vécues et que je vivrai encore, je n'en aurai passé qu'une douzaine avec elle. Il n'y a rien de plus douloureux. Bientôt, je n'arriverai plus à me souvenir de son odeur. De sa démarche. De sa façon de parler, et de tous ces détails qui définissaient ce qu'elle était, et son existence en ce monde, dans lequel je reste, moi. Vivre ce n'est que cela finalement, assister aux enterrements des gens qu'on aime. Une succession de moments macabres dont on ne voit pas le bout.

Si seulement la Corporation n'émettait pas ces règles stupides ! Si seulement je pouvais faire apparaître ma fille, ma fille chérie dans mes illusions personnelles… Je dois pouvoir le faire ! Je dois pouvoir les tromper !

Je m'empare de mon stylo de travail, à la pointe duquel perle une précieuse goutte d'Encre. Et je me l'enfonce de toutes mes forces dans la cuisse. La douleur, vive et cuisante, n'est rien à côté du vide béant qui creuse ma poitrine. Je ne sais pas à quoi m'attendre.

Une fois le mince filet de sang égoutté, je regarde fix-ement le petit point noir qui reste incrusté dans ma chair…

Je me souviens, maintenant.

Dans mon lit d'hôpital, je me remémore des scènes que mon esprit avait décidé de nier. Sûrement me suis-je rendu compte, juste après l'avoir fait, des conséquences que mon acte pouvait entraîner, professionnellement parlant. S'injecter de l'Encre directement sous la peau, qu'en aurait pensée la Corporation ? La peur a dû me faire occulter tout souvenir de ce coup de folie. À présent, je me revois acheter les outils d'un tatoueur. Extraire la précieuse Encre de mon stylo. M'infliger point par point le tracé du nom de ma fille. Distiller la souffrance à l'intérieur de la chair de mon bras. Me faire mal physiquement pour moins ressentir la torture de mon âme. Et ouvrir ainsi de nouvelles possibilités à l'Encre.

Je baisse mes mains, relève la tête. Évidemment, elle est là, assise sur le bord du lit. J'ai réussi à me faire hanter par ma propre fille. Et ce faisant, j'ai fait plus que transgresser les règles de la Corporation. J'ai inventé de nouvelles règles à transgresser.

La Corporation ! Elle doit être au courant de mon malaise, voire du tatouage, si le médecin leur en a parlé. Peut-être ont-ils déjà compris !

Aline se lève, renverse la tête en arrière et éclate de de rire. La Corporation sait !

Je bondis sur mes pieds, et fouille dans les tiroirs des petits meubles blancs qui parsèment ma chambre.

Je transpire. J'entends des pas dans le couloir. C'est l'infirmière dont le médecin t'a parlé ! Tu parles ! C'est la Corporation, oui ! Venue me menotter, m'emmener de force. Je ne veux pas, oh non je ne veux pas ! Là, un scalpel ! Ouf. Vite, vite ! J'enfonce la petite lame dans ma peau, juste à côté du tatouage. Du sang dégouline aussitôt sur mon bras. Des larmes de douleur brouillent ma vision.

Un hurlement féminin retentit.

« N'aie pas peur, Aline, j'efface juste ça ! ». J'essaie de la rassurer. Mais elle se jette brusquement sur moi. Elle veut m'arracher le scalpel des mains en m'écartant les doigts... Je crie. Elle me parle, mais je ne comprends pas les mots. Brusquement, je lui érafle la joue, en profondeur.

Tout s'arrête.

Le sang coule, et pas que sur mon bras. Elle lève la tête vers moi.

Elle ne devrait pas saigner...

J'aperçois une silhouette au fond de la chambre. C'est une autre Aline, qui me regarde de ce même air intense que celle que j'ai blessée en face de moi.

Des Aline. Il y en a trois, quatre, cinq, il y en a plein dans cette chambre !

J'éclate en sanglots et enfouis mon visage dans mes mains. Aujourd'hui, ma vraie fille n'est plus qu'un corps mort. N'est plus qu'un cadavre. Déjà mutilée lorsqu'elle a été enterrée, elle poursuit son processus de décomposition.

Tout autour de moi, chaque Aline n'est qu'une illusion. Une

illusion permanente projetée par l'Encre qui a trouvé dans ma chair un nouveau support...

Une illusion d'un nouveau genre, que je ne maîtrise pas. Qui prend vie quand elle le veut, et sous l'apparence qu'elle veut.

Aline...

- FIN -

Ça vous court sous la peau

Samia Dalha

— Non, Wendell. Non !

Mais Wendell resta sourd aux supplications et il ouvrit la main qui tenait le bras de Marian. Celle-ci leva sur lui un regard plein d'incrédulité et de terreur tout en griffant l'air à la recherche d'une des barres métalliques du balcon, puis disparut de sa vue. Deux secondes plus tard il entendit le bruit écœurant de son corps qui s'écrasait neuf étages plus bas. Il se pencha et vit une masse informe sous laquelle un liquide noirâtre grossissait à vue d'oeil.

Il rentra dans l'appartement et tandis qu'il passait devant le grand miroir du couloir, il tira sur le col de sa chemise pour apercevoir la rose fraîchement tatouée sur le haut de son épaule droite. Il la contempla quelques instants avant de se diriger vers le salon et de se laisser tomber sur le canapé.

Les flics arriveraient bientôt. Qu'allait-il leur dire ? Ce n'est pas que ça le tracassait vraiment mais en les attendant, il fallait bien faire passer le temps. De toute façon, il n'avait nulle intention de mentir. Il était fiancé à Marian depuis presque six ans, il l'aimait de tout son cœur mais aujourd'hui il avait ressenti le besoin irrépressible de la faire passer par-dessus la balustrade du balcon. Non, il n'avait aucune raison de faire ça et non, il ne regrettait rien.

Au loin, des sirènes se firent entendre. Une expression de bonheur quasi extatique se peignit sur son visage. Jamais il ne s'était senti aussi bien.

*

— Écoutez chef, moi je continue à maintenir qu'il se passe un truc bizarre et sauf votre respect, si vous ne voyez rien, c'est peut-être qu'il est temps pour vous de changer de lunettes ! Enfin, on est en avril et c'est le septième homicide sans mobile depuis le début de l'année. À chaque fois, on coffre un gars qui ne sait foutrement pas pourquoi il s'est débarrassé d'un de ses proches mais qui semble n'avoir jamais été aussi heureux de sa vie.

Le chef Caballero était assis à son bureau. Il fumait en regardant son lieutenant s'agiter dans tous les sens, à lui en donner le tournis. Ça faisait trois fois qu'il lui servait ce couplet cette semaine. Il attrapa un épais dossier sur le dessus de son bureau et l'agita en l'air :

— C'est bon LaBianca, je l'ai lu moi aussi.

— Alors, regardez-y de plus près !

Le lieutenant sorti du bureau en claquant la porte, les stores menaçant de s'effondrer sous la violence du geste. Caballero écrasa sa cigarette. Il commençait sérieusement à s'inquiéter du comportement de LaBianca. C'était un sanguin, il réagissait toujours avec excès mais des meurtres inexpliqués et des coups de folie, chez le plus rangé des citoyens, voilà qui n'était pas inédit. En vingt-cinq ans de service, il en avait vu d'autre. Il serait peut-être bon qu'il prenne les vacances auxquelles il avait droit et qu'il repoussait sans cesse.

Il en était là de ses réflexions quand du bruit dans le couloir lui fit lever la tête. Entourée de deux policiers, une jeune femme menottée mais souriante était amenée vers la cellule du commissariat. Elle semblait n'offrir aucune résistance. Vêtue d'un pantalon en toile et d'un simple débardeur, il était impossible d'ignorer le long bandage blanc qui lui enveloppait tout l'avant-bras gauche.

Il adressa une prière mentale à son Dieu personnel pour que ce ne soit pas l'un de ses hommes qui l'ait brutalisée lors de son arrestation. Elle les poursuivrait et s'en sortirait avec les honneurs dus à une victime, comme c'était déjà arrivé trop souvent.

— Qui c'est ? demanda-t-il en passant la tête par la porte de son bureau, et qu'est-il arrivé à son foutu bras ?

— Amy Walts, Chef, répondit l'un des deux policiers qui l'encadraient. On vient de la cueillir dans son jardin où les voisins nous avaient appelé après avoir entendu des coups de feu. Elle a tiré sur son gosse à bout portant. Huit fois. Un vrai carnage.

Ça devait en être un, en effet, les deux sergents étaient blancs comme des linges.

— Son bras ? Insista Caballero.

— Ah oui, reprit le policier, elle dit qu'elle vient tout récemment de se faire tatouer. Le bandage, c'est pour la cicatrisation.

Il observa la femme un instant. Elle n'avait pas l'air folle et pourtant, que pouvait-on penser d'une mère qui assassine son enfant et semble s'en réjouir sinon qu'elle a perdu la raison ?

— Et de huit, pensa-t-il, LaBianca ne va plus me lâcher..

Et en effet, dès le lendemain matin celui-ci était dans son bureau.

— Alors, combien de victimes vous faut-il encore pour que vous commenciez à suivre mon idée ?

— Ton idée est démente !

— Ah oui ? Plus que ce qui s'est passé hier ? Vous croyez que cette femme a élevé son fils pendant neuf ans, le nourrissant et lui prodiguant les soins adaptés dans l'attente du jour où elle pourrait enfin lui faire sauter la cervelle ? Et ce jour arrive juste après qu'elle ait décidé de se payer un petit tatouage ? C'est pas démentiel ça ?

— Démentiel ou pas, ce sont des faits, ils sont avérés. Ce que tu me proposes toi, ce n'est ni plus ni moins que du vaudou. On est flics je te rappelle, pas sorciers haïtiens.

— Mais ce sont aussi des faits que je rapporte ! LaBianca avait de plus en plus de mal à contenir un semblant de calme. Huit meurtres. Huit ! Tous perpétrés par des gens sans histoire avant qu'ils ne se fassent tatouer! ! Enfin, il faudrait être borné pour n'y voir qu'un hasard !

— Écoute LaBianca, ça va bien maintenant. J'ai vu comme toi le taux de criminalité faire un bond ces derniers mois et comme toi, je me pose certaines questions, mais ce que tu laisses entendre va un peu trop loin. Si tu ne veux pas mener ton enquête de façon classique, je vais te faire remplacer. De toute façon, tu as des vacances en retard, prends-les, emmène Joannie dans un petit coin paradisiaque et oublie un peu tout ça.

— C'est hors de…

— C'est un ordre LaBianca !

Le lieutenant ne dit rien, il jaugea son chef avec tout le mépris que celui-ci lui inspirait à cet instant et quitta le bureau, furieux.

Il était rongé par la frustration. Comment Caballero pouvait-il réellement penser que, sous prétexte que lui n'y adhérait pas, la piste qu'il proposait de suivre émanait uniquement de son besoin de repos ? Il avait autant besoin de vacances que d'une deuxième belle-mère !

Il n'allait certainement pas accepter cette mise à pieds, car Caballero avait eu beau essayer de la dissimuler sous une histoire de congés obligatoires, c'était bien de cela qu'il s'agissait.

— Hey, Tub !

Le sergent Tubruk sortait du commissariat et se mit à chercher qui le hélait quand il aperçut LaBianca sur le trottoir d'en face. Il traversa pour le rejoindre.

— Salut !

— Salut Tub. Dis, j'aurais besoin que tu me rendes un petit service.

— Quel genre ?

— T'es au courant des meurtres bizarres qui secouent la ville depuis quelques mois ?

— J'en ai entendu parler, oui. Tu es sur une piste ?

— J'en ai peur. Mais il faudrait que j'amène des preuves tu vois, quelque chose d'un peu concret sinon Caballero va me tanner le cuir.

Et c'est là que t'interviens. J'ai besoin des clefs des domiciles de tous ceux qui ont été arrêtés depuis le début de cette étrange épidémie ; elles sont au commissariat, sous scellés. J'aurais bien été les chercher moi-même mais tel que tu me vois là, je suis censé me dorer la pilule à Hawaii ou un truc dans le genre.

— Ouais, je suis au courant pour tes congés forcés, répondit Tubruk. Écoute, j'aimerais bien pouvoir t'aider mais là... je risque ma place si je me fais pincer.

— Peut-être oui. Peut-être tout autant que la nuit où t'as pioncé en pleine mission de surveillance.

C'était il y avait quelques mois. Le sergent Tubruk et lui avaient été affectés à la surveillance d'un suspect jugé potentiellement dangereux. Ils avaient pour ordre de ne pas le quitter d'une semelle. Ils se relayaient, LaBianca le filant le jour et Tubruk la nuit. Mais ce dernier s'était endormi dans sa voiture et le suspect était sorti. Par bonheur il avait fini par rentrer et même s'ils ne surent jamais où il s'était rendu, aucun délit ne fut signaler cette nuit-là. LaBianca prit la responsabilité de couvrir son collègue en gardant cette gaffe pour lui. Il savait que le gamin n'était pas incompétent, que la honte d'une pareille erreur lui servirait de leçon et qu'à la prochaine mission de surveillance où il serait affecté, il s'enfoncerait des aiguilles dans les yeux plutôt que de céder au sommeil. Ça suffisait à Labianca pour savoir que ça ne se reproduirait pas. Et aujourd'hui, en voyant le rouge venir aux joues du sergent à ce souvenir, il se détestait d'avoir à remettre ça sur le tapis mais il n'avait pas d'autres choix s'il voulait avoir accès aux domiciles des tueurs.

— Ok, c'est bon, je t'apporterai ça demain, finit-il par répondre. Où ?

— Qu'est-ce que tu dirais de chez Martha ? Je te paye le déjeuner.

— D'accord, demain à midi chez Martha.

— Parfait. Et ne fais pas cette tête, dit LaBianca, je ais des doubles, on se donne rencard dans l'après-midi, je te rends les clefs et tu les remets à leur place… Ni vu, ni connu. Dis-toi que c'est pour la bonne cause. Si on ne fait rien, les meurtres vont continuer, j'en suis persuadé.

Le lendemain, il poussa la porte de chez Martha à midi pile et parcourut la salle des yeux. À cette heure-ci, c'était le coup de feu au restaurant. Tous ceux qui travaillaient dans le coin et qui n'étaient pas trop regardant sur leur taux de cholestérol avaient fait de chez Martha leur cantine. Tubruk n'était pas là. Il s'installa dans un box libre un peu à l'écart et commença à jouer avec la serviette en papier posée devant lui.

— Nerveux ?

— Martha, mon ange, je suis toujours nerveux quand je vois celle qui fait chavirer mon cœur.

Malgré son habitude des taquineries, surtout de la part du lieutenant LaBianca, la patronne des lieux rougit légèrement. Les cheveux attachés en un chignon négligé, les doigts jaunis par le tabac et la voix rauque, Martha, malgré la soixantaine bien sonnée, restait une femme attirante. Tous ceux qui venaient régulièrement avaler un steak, chez elle, l'appréciaient.

— Tu veux commander maintenant ou tu attends quelqu'un ?

— J'attends un collègue, on passera commande dès qu'il sera là.

Avec un clin d'oeil Martha s'éloigna vers une autre table où un client s'impatientait. LaBianca attendit encore quelques minutes avant que Tubruk ne se pointe à son tour.

— Tu les as ? Demanda le lieutenant à peine le jeune sergent se fut-il assis en face de lui.

— Bien sûr, répondit celui-ci.

Il fouilla dans la poche intérieure de son blouson et en sortit un petit sac qui émit des cliquetis quand il le posa devant LaBianca. Ce dernier l'empocha à son tour et fit un signe en direction de Martha.

Quarante-cinq minutes plus tard, leur omelette au pastrami avalée et un nouveau rendez-vous dans une rue attenante au commissariat pris pour l'après-midi, ils se séparèrent.

LaBianca ne perdit pas de temps ; il y avait un magasin de serrurerie à moins de deux cent mètres de chez Martha et il s'y rendit sans détour. À l'intérieur, un jeune homme en tablier de cuir se tenait derrière le comptoir. Un bout de plastique entre les dents, il passait un chiffon huileux sur des outils que LaBianca aurait été bien en peine de nommer. Il leva le nez et pointa un menton interrogateur dans sa direction. Le lieutenant lui expliqua ce qu'il désirait.

— Repassez dans deux heures, fut la seule réponse qu'il obtint.

— Deux heures ? Pour donner des jumelles à huit pauvres clefs ? Vous faites des pauses entre chaque ou quoi ?

Le serrurier le regarda d'un œil morne sans cesser de mastiquer son morceau de plastique. LaBianca commença à envisager, comme étant du domaine du possible, de sauter par-dessus le comptoir pour enfoncer la tête à claque du tâcheron dans l'une des imposantes machines qui tapissaient le fond de la boutique. Il se força à respirer profondément puis sortit du magasin.

Il connut deux des plus longues heures de sa vie. Chaque minute passée augmentait un peu plus le risque que quelqu'un se rende compte de la disparition des clefs. Il n'aimait pas avoir à mêler Tubruk à toute cette histoire et puis, le gosse avait raison, si on le piquait à fouiner où il ne fallait pas, il pouvait dire adieu à la belle carrière qui se profilait devant lui et à certainement beaucoup d'autres. Un vol de pièces, sous scellés, dans ses états de service, ne lui laisserait plus que la possibilité

– au mieux – d'être vigil dans l'un des multiples entrepôts du port. Pas vraiment l'idéal comme plan de carrière quand comme Tubruk, on vise le haut de la pyramide.

— Si Caballero apprenait un peu à suivre son instinct, on en serait pas là, grommela-t-il entre ses dents tandis qu'il déambulait sans but dans les rues adjacentes à la serrurerie. Il les arpenta toutes une bonne dizaine de fois.

Enfin, deux heures plus tard, il récupéra les clefs et leur doubles qu'il mit dans une pochette à part, paya et, sans un mot pour le serrurier, quitta le magasin pour se rendre à l'endroit convenu le midi même avec le sergent Tubruk.

Celui-ci l'attendait, faisant les cent pas.

— Pas trop tôt, grogna-t-il.

— Hey, relax, tu crois que je veux te faire perdre ta place ? Je suis désolé pour le retard mais je suis tombé sur un empoté de première et il m'a fallu attendre deux heures que les doubles soient faits. Tiens…

Il lui tendit le sac et sur un dernier merci, tourna les talons.

— LaBianca ! Il se retourna.

— Fais gaffe à toi.

— Te fais pas de soucis, gamin, répondit-il avec un rire joyeux.

Trois jours. C'est le temps qu'il lui fallu pour visiter les huit demeures de ces assassins sans histoires. Il prit toutes les précautions d'usage et pu à loisir mener ses fouilles. Il ne savait pas clairement ce qu'il cherchait mais quelque chose devait forcément relier toutes ces personnes. Les tatouages tout frais que présentait leur peau étaient la clef. Il en était persuadé mais que chercher exactement ? Il ignorait quoi au départ mais quelque chose se trouvait forcément dans les maisons et une fouille minutieuse lui apprendrait ce que c'était. Un citoyen lambda aurait été incapable, sans plus d'indications, de trouver quoi que ce soit ; c'était un peu comme chercher une aiguille dans une botte de foin. Mais LaBianca avait suivi une formation en la matière à l'école de police et il mit toutes ses connaissances acquises au service de ses recherches. Certaines prirent plus de temps que les autres, mais finalement toutes, comme il l'avait prévu, se révélèrent fructueuses. Le point commun de tous ces crimes, il l'avait sous les yeux, revêtant l'aspect d'un simple bout de papier. Il s'agissait, en apparence, d'une banale brochure publicitaire vantant les talents de tatoueur d'un dénommé Cal qui œuvrait dans une boutique du nom de Harlow Tattoo. Les meurtriers qui – il en était de plus en plus persuadé – étaient en fait des victimes, semblaient tous avoir reçu cette publicité par voie postale. Il aurait parié son salaire qu'avant cela, aucun d'eux n'avaient jamais songé une seconde à se faire tatouer. C'était tentant d'aller mettre ces tracts sous le nez de Caballero mais il devrait alors expliquer comment il avait eu accès à tous ses appartements et son chef, qui pouvait s'avérer plus bouché que des toilettes sur une aire d'autoroute, serait bien capable de n'y voir qu'une simple coïncidence.

Il n'avait d'autre choix que de continuer à investiguer seul.

Au lendemain de ses perquisitions, il prit la décision de se rendre chez Harlow Tattoo. Son plan était de se faire passer pour un potentiel client et de laisser son flair s'occuper du reste ; s'il y avait quelque chose de louche dans cet endroit, il était sûr de s'en apercevoir assez vite. Malgré tout, il se sentait fébrile. Il ne comptait plus le nombre d'enquêtes qu'il avait à son actif mais aucune ne l'avait jamais rendu si nerveux. Sûrement parce qu'à chaque fois, et en dépit du danger qu'avaient présentées certaines situations, il avait toujours su exactement où il allait. Aujourd'hui c'était différent, il avançait à l'aveuglette et ça ne lui plaisait pas du tout. Ainsi, chez lui, il se sentait incapable de tenir en place. Il allait et venait d'une pièce à l'autre jusqu'à ce que sa femme, ne supportant plus de le voir errer comme une âme en peine, l'expédiât faire quelques courses. Prendre l'air n'était peut-être pas une mauvaise idée ; il obéit de bonne grâce.

Sur le trajet de leur superette habituelle, la question de savoir ce qu'il allait trouver chez Harlow Tattoo s'était faite si obsédante qu'il en avait prit le chemin sans même s'en rendre compte. Joannie devrait patienter pour ses courses ; il continua dans la même direction. Quelques minutes plus tard, il arriva devant une boutique qui proclamait son existence en tant que Harlow Tattoo à grand renfort de néons rouges. Faisant mine de regarder sa montre en adoptant la posture de celui qui, pressé et agacé, attend quelqu'un qui ne vient pas, il passa et repassa devant la vitrine. Les coups d'œil furtifs qu'il jetait à l'intérieur ne lui furent d'aucun secours. Il ne distinguait presque rien, les posters et photos de tatouages collés un peu partout sur la vitre l'empêchaient de voir quoi que ce soit distinctement. Le peu de visibilité qu'il avait laissait apparaître un endroit très éclairé mais sans aucune ombre mouvante qui aurait indiquée d'éventuelles présences. Au bout d'une quinzaine de minutes, alors que personne n'était entré ou sorti de la boutique et que son petit manège risquait d'attirer l'attention sur lui, il se décida à entrer. Il consulta sa montre une dernière fois ; il était à peine quatorze heures quand il poussa la porte. Comme il l'avait vaguement entrevu, la boutique était déserte. Du moins le croyait-il jusqu'à ce qu'il remarque un petit bonhomme qui se tenait devant une étagère sur laquelle il alignait des flacons remplis d'encre de différentes couleurs qu'il sortait d'un carton. Il était si frêle qu'on aurait dit un enfant s'il n'avait pas eu la moitié du visage mangé par une barbe de cinq jours. Des lunettes en cul de bouteille sur le nez finissaient de le rendre tout à fait déplacé dans cet environnement. Il ressemblait plus à un rat de bibliothèque qu'à un tatoueur. Le fameux Cal dont parlait la brochure, sans aucun doute. D'un sourire, celui-ci l'accueillit avec chaleur.

Quand LaBianca ressortit, il faisait presque nuit.

— Te voilà enfin, dit Joannie, j'ai bien cru qu'il y avait eu une prise d'otages à l'épicerie, poursuivit-elle mi-in-quiète mi-amusée tandis qu'il se débarrassait de sa veste avec difficulté, son bras gauche semblant douloureux.

— J'ai eu une affaire urgente à traiter sur le chemin et ça a été un peu plus long que prévu.

— Une affaire urgente ? Je croyais que tu étais en congé ?

— Un bon flic ne connaît pas ce mot là, rétorqua-t-il avec un large sourire. Mais du coup, je n'ai pas eu le temps de faire les courses.

— Ça, j'ai commencé à m'en douter il y a bien deux heures déjà. Heureusement, les placards n'étaient pas complètement vides ; tu as beau t'y employer, on ne mourra pas encore de faim ce soir, plaisanta-t-elle. As-tu au moins trouvé ce que tu cherchais ?

— Dans un sens oui, répondit-il en entrant dans la cuisine où sa femme s'affairait. Je me demande comment j'ai pu soupçonner ce type. Ça me tue d'avoir à le reconnaître mais pour une fois Caballero avait raison, j'ai peut-être réellement besoin de repos.

Surprise, Joannie l'observa. Il n'avait pas l'air de plaisanter.
— Dieu soit loué, on va enfin pouvoir se payer des vacances au soleil, se réjouit-elle.

Elle retourna à ses casseroles et sans voir son mari s'emparer du hachoir posé sur le haut du buffet, elle se mit à énumérer les destinations où elle avait toujours rêvé d'aller. Elle en était à la troisième quand elle sentit quelque chose s'enfoncer profondément dans son flanc droit. Une douleur fulgurante la traversa jusqu'aux poumons. Elle porta une main au dessus de sa hanche et sentit le hachoir sous ses doigts. Elle le cherchait depuis des jours.

Le monde alentour s'assombrit tandis que Joannie s'affaissait lentement sur le carrelage de la cuisine, la respiration coupée. La dernière chose qu'elle vit avant de fermer les yeux à jamais fut une publicité pour une boutique de tatouage posée sur la pile de courrier du jour qu'elle n'avait pas encore ouvert.

- FIN -

L'homme au roman

Alice Ray

Vous écrivez parce que c'est la seule façon pour vous de rester en vie. Votre stylo parcourt la feuille aussi vite que possible, votre tête bourdonne, vos tempes vous font mal et pourtant, vous négligez la douleur. Tout ce qui compte, c'est écrire.

Bienvenue à la maison.

Il se tenait dans l'encadrement de la porte, comme à son habitude. Il mordillait un cure-dent. Le petit bâton allait et venait dans sa bouche, sa mâchoire se refermant sèchement sur le bois. Emma lui jetait de petits coups d'œil effrayés. L'homme se réinstalla correctement. La jeune femme détourna son regard. Elle se concentra sur la feuille de papier blanc devant elle. Une feuille vierge. Il s'avança, lentement. Emma s'empressa de prendre le stylo et d'écrire. N'importe quoi. Sa consigne : écrire une histoire dont l'héroïne s'appelle Samy. C'est tout. Seulement ça.

Elle leva un peu les yeux. Devant elle, une autre jeune femme arrivée le matin même. Elle regardait autour d'elle, terrifiée, une petite nouvelle. Et d'après ce qu'Emma avait pu voir avant, celle-ci non plus ne tiendrait pas une semaine.

Il se rapprochait encore, ses pieds traînant sur le sol sonnaient comme la hache du bourreau avant l'exécution. Emma déglutit et se remit à écrire. Ses doigts déformés ne tremblaient presque plus lorsqu'elle se concentrait sur son écriture. Elle tentait de se persuader que la douleur dans son poignet n'existait que dans sa tête, mais la vue de son index, noirci par le sang, la ramenait à cet indicible élancement dans toute sa main. Elle écrivait, aussi vite qu'elle pouvait. A côté d'elle, une pile d'une dizaine de feuillets remplis par son écriture tremblante et penchée. Il aimait son style lui avait-il dit, et c'est la seule fois où elle s'était permis de lui répondre sans réfléchir, sans penser à faire attention à ses paroles : "Le style de la peur.". Il avait sourit.

Rien de plus.

Mais rien de moins non plus.

Il se plaça derrière l'autre jeune femme. Emma vit ses pieds bouger sous la table, elle tentait d'enlever ses liens. Irrémédiablement sadique. Plus elle tirait, plus ils se resserreraient. Un serpent autour de sa proie. Un serpent vicieux.

L'homme se pencha, comme un amant se pencherait à l'oreille de son amie.

— Votre nom ?

Les larmes coulaient sur les joues de la jeune femme. Chacune venait s'écraser sur la feuille blanche en face d'elle, laissant une trace humide. Elle balbutia quelque chose. Emma ne distingua aucun mot.

— Pardon ?

Il avait une voix doucereuse, avec un léger accent snobe mais teinté de menace. Un frisson parcourut le dos d'Emma. Il n'était pas là pour rire, il ne l'avait jamais été.

— Sophie.

Elle avait réussi à articuler distinctement son nom, sous les sanglots qui la secouaient. Emma continuait d'écrire tout en regardant la scène devant elle. Une scène qu'elle avait déjà vu trois fois mais ce n'était jamais la même fille sur l'autre chaise. Cette Sophie s'était réveillée dix minutes auparavant enchaînée à cette chaise, dans une maison inconnue, avec une autre prisonnière, une feuille devant elle et sans la moindre idée du pourquoi.

— Bien Sophie.

Il fit le tour de la chaise et se pencha vers elle de l'autre côté. C'était un jeu. Il voulait la terrifier. Il voulait qu'elle se liquéfie totalement. C'était ainsi qu'il remarquait les plus fortes. Emma n'avait pas pleuré. Non. Emma avait simplement hurlé.

— Tu sais ce que tu dois faire avec ceci...

Il montra la feuille.

— ...Et ceci ?

Il sortit de sa poche un stylo noir dont la pointe était plus taillée que la moyenne. Instrument de torture. Elle secoua vivement la tête, toujours pleurant toutes les larmes de son corps. Emma ferma les yeux, essayant de faire abstraction de ces sanglots continus et angoissants.

— Non ? Je suis étonné.

Il se releva. Emma se mit à écrire plus vite. Sans réfléchir. Elle ne savait pas vraiment ce qui arrivait à son personnage. Elle devait écrire, c'est ce qu'elle faisait. Tant pis si cela n'avait aucun sens.

— Écris. Une histoire. Une simple petite histoire. Il y a une seule condition. Je veux que ton personnage soit une femme et qu'elle se nomme Samy. Si ces critères ne sont pas respectés, je risque de ne pas aimer. Comprends-tu ?

Il se pencha à nouveau vers elle. Sophie ferma les yeux et se mordit nerveusement les lèvres.

— Ne me faites pas de mal.

Emma commença à trembler. Cette fille là était vraiment naïve. Trop jeune peut-être. Elle devait avoir à peine dix huit ans. Il se pencha encore un peu plus, jusqu'à ce que ses lèvres viennent presque caresser son oreille.

— Je veux que tu écrives, Sophie. Je veux que tu écrives jusqu'à ce que tu en meures. Si tu t'arrêtes…

Il fit glisser sa main sur son cou. Appuyant légèrement avec la pointe du stylo. L'encre laissa une trace noire, à l'endroit précis où elle sentait les pulsations de son cœur. Et lui aussi les sentait. Rapides, forts. Sophie réprima un petit cri d'horreur. Il se redressa. Sourit. Et sortit.

Emma resta un moment, stylo à la main, à répandre l'encre sur le papier malmené. En face d'elle, Sophie prit timidement sa plume et fixa la feuille. Pendant un court instant, elle vit les traces que ses larmes avaient laissées. Des petits cercles rouges. Rouge sang.

— Il est complètement cinglé, mais je crois que c'est vital pour lui.

Emma n'avait pas levé le visage pour parler. Il ne fallait pas s'arrêter d'écrire. Il ne fallait pas qu'il les voit en train de discuter, et il les surveillait. Elle en était absolument certaine.

— Si tu écris tout se passe bien, il t'ignore, des fois, il vient te faire la conversation quand ton récit lui a plu, tu es nourrie et tu as le droit de dormir sur un lit.

Sophie renifla et commença à écrire elle aussi. Un mot d'abord, puis un autre et ainsi de suite. Elle s'arrêta à son premier point

et regarda Emma.
— Et sinon ?
— Sinon ?

Emma trouvait la question étrange étant donné la conversation que Sophie venait d'avoir avec l'homme. D'un signe de tête, elle désigna une porte close. Sophie suivit son mouvement. La porte était une simple porte en bois, mais quand la nuit tombait, qu'il n'y avait plus un bruit nulle part, on pouvait entendre, derrière, des gémissements apeurés.

— Je ne sais pas ce qu'il leur fait... Je ne le sais vraiment pas. Peut-être...Je ne sais pas. Pas du tout.

Sophie n'en demanda pas plus et continua à écrire. Phrase après phrase. Emma ne sentait plus la crampe dans son bras. Une petite douleur. Rien comparée à ce qui adviendrait si elle faisait une pause.

L'homme revint pour le dîner. Il apportait avec lui un plateau avec deux assiettes. Tout ce qu'il fallait pour nourrir ses prisonnières. Emma regarda avidement la viande encore fumante. Son ventre la tiraillait depuis deux heures, mais réclamer n'était pas une bonne solution. La jeune fille en face d'elle posa son stylo sur la feuille et attendit que l'homme lui donne à manger. Elle secoua la tête dans sa direction. Sa respiration se fit plus forte. L'adrénaline montait en elle. Sophie ne regardait que la nourriture.

Elle avait posé son stylo. L'homme s'arrêta net et la regarda. Il ne faisait pas un geste.

Pas un mouvement. Tandis que ses yeux étaient fixés sur elle, ses mains se mirent à se crisper sous le plateau. Emma sentit la peur l'envahir. Elle redoutait la suite. Sa colère, encore une fois. Il se racla la gorge et posa la nourriture devant Emma.

— Un problème ?

Sophie ouvrit de grands yeux étonnés.

— Je croyais seulement qu'on pouvait manger et je...enfin je ne peux pas faire les deux choses en même temps.

Il sourit, un vrai gentleman.

— Ça je le sais bien, et je trouve ça réellement dommage. Mais...

Il se rapprocha d'elle et laissa sa main passer le long de sa joue.

— ...vois-tu il faut que je donne mon accord pour poser vos plumes. Et généralement, j'attends que vous ayez fini un chapitre. Tu comprends ?

Elle acquiesça vivement. Elle prit son stylo et se remit à gratter le papier, si fort qu'Emma crut qu'elle allait faire un trou dans la feuille. L'homme hocha la tête, satisfait. Il se dirigea vers Emma et regarda son travail. La jeune femme venait tout juste de finir son chapitre. Elle avait écrit une centaine de pages dans la journée. Elle jeta un coup d'œil à l'homme, qui lui donna la permission de poser son stylo d'un petit signe de tête.

Elle se précipita sur la viande encore chaude. Les couverts en plastique n'étaient pas des plus pratiques, mais l'homme leur découpait la viande préalablement. S'il y avait bien une chose qu'Emma ne comprenait pas dans son comportement, c'était la gentillesse qu'il manifestait lorsqu'elles lui obéissaient.

Répulsion, admiration.

Il resta là, à observer Emma manger et Sophie écrire.

Ce que cette dernière fit encore longtemps, essayant de terminer son chapitre rapidement, mais il n'était pas question de bâcler le travail. Il la surveillait.

Quand enfin elle eut fini, elle le regarda, les yeux pleins d'espoir. Il la laissa manger. Personne ne parlait. Personne ne le pouvait. Ne le voulait. Sophie et Emma ingurgitaient voracement la nourriture. Mais quand toutes deux eurent fini, et que l'homme débarrassa la table, Sophie ouvrit la bouche, et sans faire attention aux signes de protestations d'Emma, s'adressa à l'homme.

— Je suis malade.

Emma baissa la tête. Cette fille était folle. Elle faisait tout pour mourir, pour se faire torturer. Il suffisait d'obéir et d'écrire. L'homme se retourna, les sourcils froncés.

— Moi aussi.

Sophie secoua la tête, soudain pleine d'espoir.

— Non, non, vous ne comprenez pas, je ne suis pas malade comme vous. J'ai un cancer.

Un mensonge pour qu'il la libère ? Sotte petite fille terrifiée par le noir. Emma observait le visage de Sophie, se demandant si elle disait vrai. L'homme posa le plateau par terre et se rapprocha de sa prisonnière. Doucement. Presque en glissant, comme un médecin le ferait devant un patient, il se baissa, les mains sur les genoux.

— Vous avez un cancer ?

Elle hocha vivement la tête.

— Je dois avoir mes médicaments, des soins vous comprenez. J'aimerais, enfin, je veux dire…j'ai besoin d'y avoir accès.

— Vous aimeriez ?

Sophie ne répondit pas, mais ses yeux brillèrent tout d'un coup d'un nouvel éclat : la peur. La terreur. Celle qui vous glace le sang et arrête votre cœur. Elle regrettait ce qu'elle venait de dire. Ses entrailles se serrèrent. Emma ferma les yeux et soupira.

— Ce n'est pas beau de mentir.

Il sourit, prit les manuscrits d'une main et le plateau de l'autre.

Sans un mot de plus, il sortit de la pièce, les laissant seules. En tête à tête.

Longtemps elles se regardèrent, sans autre sentiment que la peur et la joie de ne pas être seule.

— A quoi tu joues ?

Emma tremblait. Elle n'avait aucune envie de la voir finir dans la pièce à côté. Comme les autres. Elle ne voulait plus revivre ça. Les voir hurler à la mort. Leurs doigts ensanglantés raclant le bois de la table au moment où il soulevait leur chaise. Leurs yeux écarquillés réclamant de l'aide. Elle ne pouvait plus revivre ça. Sophie haussa les épaules. Elle ne jouait pas.

— C'était la vérité, je suis vraiment malade.

Emma se fichait de savoir si elle était réellement atteinte d'un cancer ou non. Quelle importance, ici ? Dans cette pièce, il n'y en avait pas. Ce n'était qu'un détail. Mais le désespoir qu'elle pouvait lire sur le visage de Sophie lui rappela trop violemment le sien. Une nausée lui envahit la gorge. Elle ferma les yeux. Prête à vomir. Rien ne vint.

Plus rien ne viendrait jamais.

Emma prit conscience soudainement qu'elle allait mourir.

Qu'elles allaient mourir. Rongé par un cancer immuable : la folie.

Sophie pleura. Elle pleura, les deux mains sur la table, de chaque côté de sa feuille, la tête baissée, les épaules secouées. Emma la regarda, et ce fut comme si elle se regardait.

Des bruits se firent entendre à travers la cloison. Un violent cri de douleur, une chute, et puis, plus rien. Seulement le murmure de leurs respirations. Emma fronça les sourcils. Elle tapota la main de Sophie, et chuchota :
— Je crois que j'ai une idée.
Sophie releva la tête et renifla.
— Cet homme est fou, je crois qu'en fait, il reproduit les scénarios qu'on écrit. Tu l'as entendu hurler de douleur ?
Je pense qu'il a lu le passage où Samy se fait percuter par une voiture.
— N'y pense pas...C'est...c'est vraiment absurde.
Sa voix était tremblante, les sanglots remontèrent le long de sa gorge et elle tenta, du mieux qu'elle pouvait, de les retenir. Ce fut à ce moment là que l'homme entra. Furieux. Livide. Il frappa les deux poings sur la table, grelottant de la tête aux pieds.
— Ça suffit maintenant ! Vous devez seulement me... la faire survivre. Je ne peux pas, je ne peux plus.
Ses pleurs se mélangèrent à ses cris. Les deux jeunes femmes glissèrent encore un peu plus dans leur siège. Terrifiées.
— Samy doit être une héroïne parfaite. Il ne faut pas...je ne peux pas autoriser que vous sabotiez ma vie, que vous me détruisiez.
Il sortit de la salle en courant. Mais Emma eut le temps de remarquer combien il boitait.
— Ça vaut le coup d'essayer, tu ne crois pas ?
Le lendemain, tout se passa comme il le voulait. Un monde parfait pour Samy et lui. Ou pour lui seul. Les deux jeunes filles, dociles, écrivirent toute la journée. L'homme ne leur adressa pas une parole et les surveilla aussi longtemps qu'il le pouvait. Il les regardait avec ses yeux sournois. Mais Emma crut comprendre qu'en réalité il s'empêchait de pleurer.
Lorsqu'il sortit de la pièce pour les laisser dormir, les manuscrits sous les bras, il leur chuchota une phrase :
— Je suis désolé, ce n'est pas ma faute.
Ce ne fut que quelques heures plus tard qu'Emma et Sophie entendirent des cris de douleur, des objets renversés. L'homme hurlait à la mort et fracassait tout autour de lui. Puis ce fut le silence. Total. Le vide absolu. Soudain, sous la porte, une fumée

noire et épaisse s'échappa. Une odeur de brûlé se fit sentir. Emma sourit.

— Qu'est-ce que tu as fait ?

La voix de Sophie résonna dans la pièce maintenant silencieuse.

— Samy est coincée dans une maison en flammes, et elle brûle. Longuement. Irrémédiablement. Emma souriait.

Sophie regarda la fumée s'envoler, pensive.

— On doit s'en aller.

Elle se mit debout, les lanières en cuir se resserrèrent autour de ses chevilles, lui arrachant un petit cri de douleur. Elle manqua de tomber sur la table, se rattrapant tout juste à l'aide de ses doigts crispés et tordus par la douleur. Difficilement, la chaise toujours sur le dos, courbée, comme une vieille femme, elle atteignit l'autre porte. La porte close qu'il n'avait jamais empruntée.

Les cris de l'homme se firent plus aigus. Plus intenses. Une lente agonie. Emma imaginait parfaitement ce qu'il devait ressentir. Elle souffrait. Et lui brûlait.

— Tu ne viens pas ?

Emma secoua la tête.

— Non, je dois finir ce livre...

- FIN -

Un sang d'encre

Frédéric Gaillard

Les yeux mi-clos, il se laissa porter par le courant ascendant, ivre de sensations retrouvées. À plus de cent mètres d'altitude il recouvrait enfin toute sa liberté de mouvement, délivré du poids de ce corps si malhabile au sol. Ici, il utilisait avec grâce les trois dimensions que la nature lui offrait.

Le parfum de la terre arable, qui défilait sous lui, céda la place à l'odeur âcre des faubourgs de plus en plus proches, faisant frémir son nez porcin.

Il quittait rarement son repaire, une vieille ferme aux portes de la ville où s'entassaient, poussiéreux, les souvenirs de plusieurs vies d'hommes.

L'intérieur de la bâtisse renfermait la plus impressionnante bibliothèque qu'il eût été donné de voir : des kilomètres de rayonnages garnis de manuscrits anciens, d'éditions originales, d'in-folio. Les vingt et un rouleaux qu'il avait arrachés des flammes de la grande Bibliothèque d'Alexandrie. La toute première Bible. Des choses plus personnelles encore : le récit par Rimbaud de leurs nuits sous les étoiles, à Harrar. Sa correspondance avec Baudelaire.

Une fortune de papier, de savoir, dont il était le Gardien. Les plus grandes pages de l'histoire des hommes. Protégées par un système d'alarme inviolable.

Lui nichait dans la grange. Suspendu à la poutre maîtresse, enroulé dans ses ailes parcheminées comme dans un cocon, il y était invisible. Au fil des ans, ses griffes avaient tracé dans le bois deux nettes séries de sillons.

Son imposante silhouette effectua un virage serré au-dessus de la ville endormie. Le vent se levait, chassant la tiédeur de la soirée. Il frissonna : après six mois à hiberner, son fragile métabolisme redoutait un brusque retour du froid.

Ses yeux perçants distinguèrent un mouvement à la périphérie de son champ de vision et il partit en piqué. Ses crocs effilés se refermèrent sur une pipistrelle qui chassait sous un lampadaire. Le chiroptère couina et mourut dans un craquement d'os brisés. Secouant la tête, l'être ailé mastiqua brièvement et déglutit sa proie. La scène n'ayant troublé en rien la quiétude du soir.

La lune montante, pleine comme un œuf, reflétait sa pâle lueur sur son pelage ras. L'évolution avait accouché d'une nouvelle et singulière espèce. Du chiroptère, il avait la plu-part des caractéristiques, et de l'humain l'allure générale.

Le cerveau, d'ordinaire prompt à accepter, voire attiré par la laideur et l'horreur, subissait en sa présence un court-circuit, une amnésie sélective. Ce déni agissait comme un garde-fou, empêchant ses interlocuteurs de basculer dans des abîmes de démence. Leur esprit convertissait alors les incongruités de son apparence en détails anodins.

Les rares humains qui l'avaient rencontré éprouvaient un curieux sentiment de malaise à son souvenir. Ceux avec qui il avait des contacts professionnels s'en rappelaient comme d'un homme grand, poli et maniéré, qu'une étrange lueur dans le regard et une insatiabilité littéraire rendaient fascinant.

Il tirait ses victimes de la lie de la société : voleurs, meurtriers, souteneurs. Des créatures de la nuit, comme lui. Dont la parole ne valait rien, la vie encore moins. Qui ne seraient ni recherchées ni pleurées.

Celles qui se rappelaient leur agression décrivaient leur assaillant vêtu d'un imperméable gris qui lui descendait jusqu'aux pieds, évoquaient un mince bec de lièvre plutôt que la forme étrange de son museau porcin, un léger strabisme au lieu de ses pupilles fendues, des oreilles décollées à la place des appendices pointus dont il était si fier.

Plus d'une jeune - ou moins jeune - fille du bourg pouvait raconter comment il l'avait embrassée dans le cou, un soir de bal du quatorze juillet, mais nulle ne le faisait. Chacune en avait gardé un souvenir troublé. La plupart en rêvaient encore parfois, certaines nuits claires, espérant en secret croiser à nouveau sa route.

Il émit un bref cri aigu qui rebondit sur l'église un dixième de seconde plus tard et revint à ses oreilles hypersensibles. Son cerveau identifia aussitôt la distance et la forme de la bâtisse

: l'hiver, le clocher servait de gîte à une colonie d'inoffensives roussettes.

L'obscurité accoucha de la silhouette du monument. Encore une centaine de mètres et il obliquerait sur la gauche pour remonter vers les pavillons résidentiels.

Il survola l'avenue, longue cicatrice qui défigurait la colline. Il y a peu, l'endroit était encore boisé et abritait toutes sortes de petites proies : mulots, renards, lièvres. L'avenue n'était alors qu'un chemin à peine assez large pour laisser passer le pick-up de l'unique habitant du lieu, un vieux marginal vivant de ses collets et d'un peu de troc. Le braconnier était mort et toute la colline avait été débitée en parcelles vendues à prix d'or. Des pavillons coquets étaient alors sortis de terre, proprets, bien rangés, séparés par des allées rejoignant la grande avenue comme les nervures d'une feuille, transformant l'antique et paisible garenne en quartier bourgeois sans âme.

Deux heures plus tôt, peu avant le crépuscule, ses sens aigus de chiroptère l'avaient tiré du sommeil. On violait son territoire. L'écho d'une présence humaine tout d'abord. Le parfum de la jeunesse masqué par l'odeur âcre du désespoir. La sonnerie insistante de la porte d'entrée, des coups répétés au carreau, enfin des pas lourds de sens mourant dans l'allée. Le silence revint, interrompu par les cris des hirondelles rentrant au logis. À la nuit noire il desserra ses griffes et se lâcha dans le vide, voletant paresseusement jusqu'à la margelle de vieilles pierres.

Du rebord moussu du puits, il claudiqua ensuite jusqu'à la porte. Une enveloppe kraft sans timbre était glissée dessous.

Dans la maison, suspendu à l'aplomb de sa table de travail, il régla quelques factures, puis sortit de l'enveloppe brune une liasse de feuillets remplis d'une écriture nerveuse, serrée, et se mit à en renifler les pages.

Un bon écrivain devait saigner sur son crayon.

Les textes qu'il recevait sur CD passaient directement à la poubelle. Sa collection d'ouvrages anciens comprenait les joyaux de l'histoire de la littérature, les manuscrits des plus grands auteurs, alors il ne tenait pas en grande estime les copieurs-colleurs et ne possédait pas d'ordinateur. Il lisait les tapuscrits mais ne prenait réellement de plaisir que lorsqu'il fallait déchiffrer lettre par lettre, mot après mot une prose inégale, torturée. Il humait béatement les feuilles, la douce odeur de nombreuses semaines de souffrance et de travail acharné, s'enivrant des émotions de l'auteur au moment où il avait projeté son âme sur le papier. Lors seulement, si cela en valait la peine, il lisait le manuscrit, ce qui ne lui était pas arrivé depuis longtemps.

Ses narines palpitèrent d'abord faiblement, puis son esprit fut assailli par une palette de sensations. Souffrance, détresse, peur l'envahirent d'abord, suivies crescendo d'un maelström d'émotions contradictoires livrant bataille : chagrin, volupté, amertume, euphorie, pour finir par une explosion chatoyante de joie et d'espoir qui laissa ses sens en extase. Haletant, il acheva sa lecture et reposa le dernier feuillet. Une heure à peine s'était écoulée.

Un nouveau brasier s'était allumé dans ses prunelles.

Pendant ce temps, en bordure des faubourgs, un petit homme las rentrait chez lui, le cœur serré, sentant sa vie filer entre ses doigts. Il avait sonné à en réveiller les morts chez l'éditeur, martelé la vitre de ses dernières forces, mais aucune lumière n'avait filtré derrière les fenêtres de la demeure close comme un tombeau. Sur l'instant il s'était imaginé se pendre dans la grange accolée au bâtiment, à bout de désespoir, ignoré d'un monde qui, ne l'ayant déjà pas remarqué de son vivant, ferait peu cas de sa mort. Il travaillait six jours sur sept dans un hôpital et y voyait trop d'horreurs pour avoir l'envie ou la force, le soir venu, de subir à la télé sang et violence, même fictifs. Pour oublier ce quotidien, il s'était mis à coucher sur le papier un monde meilleur. Quelques lignes chaque soir. Un monde à chaque fois plus difficile à imaginer.

Il écrivit pendant cinq années, couvrant de ratures et de taches des dizaines de feuilles, usant stylo après stylo. Il gémissait devant les mots qui se dérobaient à lui. Il disputait une partie de cache-cache qui le laissait à la fin du jour plus seul et découragé qu'au matin devant une page déflorée de ses seules larmes, invisibles et indécryptables Rorschach, métamorphosant le papier en suaire à son image.

Le roman fut enfin prêt. Deux cents feuillets d'une écriture nerveuse, crispée.

Il envoya son texte à de nombreuses maisons d'édition. On

le lui retourna avec certaines lettres se fendant invariablement d'un mais le style est trop ceci, l'intrigue pas assez cela.

Il persévéra.

Les éditeurs suivants ne prirent même pas la peine de lui renvoyer les exemplaires de son manuscrit, se contentant, s'ils répondaient, d'une lettre de refus sans argumentaire.

Il perdit progressivement l'appétit, puis le sommeil. Un funeste jour, écrasé de fatigue, de mauvais gestes sur un patient occasionnèrent son licenciement.

L'heure où il allait être expulsé de son appartement approchait. Fauché et affamé, il voyait son espoir fondre comme peau de chagrin, un battement de cœur après l'autre.

Lors qu'il était tenté de manger son manuscrit avant d'aller se jeter d'un pont, il apprit dans le journal local l'existence d'un éditeur non loin de la ville. N'ayant plus d'argent pour l'envoyer il apporta son livre directement au destinataire.

Le cœur déchiré il y avait joint une lettre priant à ce que le roman lui soit retourné en cas de refus, expliquant qu'il s'agissait du manuscrit original, et griffonné ses coordonnées comme si c'étaient là les derniers mots qu'il écrirait jamais. En glissant l'enveloppe sous la porte, une partie de son être, entre cœur et esprit, sûrement son âme, se détacha. Un dernier et douloureux effort de volonté pour rebrousser chemin le ramena en ville, chaque pas l'éloignant un peu plus de sa raison de vivre. Devant chez lui il songea qu'il n'avait désormais même plus de quoi acheter une corde pour...

Il n'entendit pas le lourd bruissement au-dessus de sa tête.

Les éditeurs sont tous des vautours...

Comme pour le contredire, l'être-chose fondit du haut des airs alors qu'il introduisait la clé dans la serrure. Ses lourdes ailes l'enveloppèrent et il sombra dans le néant.

L'être-chose mordit la jugulaire, aspirant goulument le nectar. Enfin il lui semblait avoir trouvé quelqu'un digne de le seconder et, peut-être, de lui succéder. Il se faisait vieux, même pour un vampire, et quelqu'un devait veiller à ses affaires terrestres. Il faudrait le former, bien sur, mais le petit homme semblait avoir les qualités requises. L'amour du papier, des lettres, des mots. Bon sang ne mentait jamais.

La créature relâcha son étreinte et l'écrivain glissa au sol dans un chuintement. Elle glissa ensuite une enveloppe dans la boîte aux lettres, enjamba le petit homme inconscient à ses pieds et s'envola.

Le sifflement d'un pinson dans un arbre proche le réveilla. Le soleil allait se lever et la rosée s'était déposée sur ses vêtements et ses cheveux. Recroquevillé sur le sol devant sa porte, en position fœtale, la tête appuyée contre le mur, l'écrivain frissonna. Une portière claqua, un moteur vrombit. Des gens partaient travailler. Un vieux monsieur qui promenait son chien le regarda avec crainte et s'éloigna prestement. Il faut dire qu'il n'était plus très présentable. Sa cravate desserrée gisait sur le sol, et il manquait trois boutons à sa chemise comme si, privé d'oxygène, il avait tenté de l'arracher. Il se massa la nuque, passant la main sans les sentir sur les traces de morsure, qui avaient presque disparu. Il ne remarqua pas les minuscules gouttes de sang sur le col de sa chemise. Sa veste était sale, recouverte de poils gris mêlés à un fluide poisseux. Son reflet dans la vitre lui intima de prendre une douche. Il n'aurait pas dit non à un bon verre. Deux chats se battaient dans un jardin proche. Le pinson s'envola. La vie continuait, insensible à son désespoir.

Il se sentait comme lors de sa dernière cuite. Ses tempes battaient douloureusement, il avait la bouche pâteuse et éprouvait la sensation d'avoir oublié une partie de la nuit. Ses jambes flageolaient dangereusement et il dut se tenir au mur pour retrouver un équilibre digne de ce nom.

Il ouvrit sa boite aux lettres d'un geste mécanique, se doutant vu l'heure matinale que le facteur n'était pas encore passé. Mais pour lui ces derniers temps ce geste frisait la compulsion.

Il s'était tellement habitué à ne plus recevoir que des factures ou des avis d'impositions qu'il faillit ne pas voir l'enveloppe qui mentionnait son nom en majuscules.

Fébrilement, il la déchira plutôt qu'il ne l'ouvrit. A l'intérieur, une simple feuille était pliée en deux. S'apprêtant à un énième refus, il faillit la jeter sans la lire mais se ravisa. Par transparence il pouvait voir l'en-tête de l'éditeur chez qui il était allé, pas plus tard que la veille au soir, déposer comme une ultime offrande son précieux roman.

Se pouvait-il que l'éditeur l'ait lu si vite ?

La lettre, à l'en-tête des Éditions de la Goule, disait :

Monsieur,
J'ai lu votre œuvre avec le plus grand intérêt. Votre style est intéressant, votre écriture limpide et maîtrisée. Un ou deux passages mériteraient d'être légèrement retouchés mais le tout dénote un grand sérieux.
Fixons-nous rendez-vous afin de définir les modifications à y apporter et les termes d'un contrat vous liant à moi pour les prochaines années, qui je l'espère verront fructifier votre travail et me vaudront de lire de futurs bijoux comme celui-là.
Sincèrement,
Votre dévoué,

La signature était illisible.

Une chauve-souris passa en flèche au ras des toits, regagnant son clocher à la faveur des dernières secondes d'obscurité, en poussant des cris stridents. Le petit homme regarda en direction du soleil levant. L'aurore n'avait jamais été aussi belle. Aujourd'hui, dès ce soir, il retournerait voir l'éditeur providentiel. Une nouvelle vie s'offrait à lui.

Il était loin de se douter à quel point.

- FIN -

Jour de colère

(Chroniques de Lili)
Bernard Weiss

— Maman, maman ! Je peux aller jouer dehors ?
La jeune femme releva la tête et posa son livre sur ses genoux
— Oui ma chérie. Mais ne t'éloigne pas trop, et fais attention aux ours et aux loups !
— D'accord, maman !
La petite tornade blonde partit en courant, sa poupée à la main. Mireille eut un sourire rêveur. L'enthousiasme de la jeunesse ! Lili lui rappelait sa propre enfance, ses jeux et ses rêves. Elle eut soudain un pincement au cœur. Profites-en ma fille, se dit-elle avec une pointe d'anxiété, le temps de l'insouciance ne durera pas. Elle reprit sa lecture avec difficulté, perturbée par une inquiétude diffuse.

Lili s'ennuyait. Assise sur la balançoire, elle chantonnait À la claire fontaine en rêvassant. Ses copines de l'année dernière lui manquaient. Et ici, dans l'arrière-pays de Tadoussac, en pleine forêt, il n'y avait personne avec qui jouer, rien que des arbres à perte de vue.

— Bonjour, moi c'est Jade, et toi ?
Lili cessa de chanter et se retourna. La nouvelle venue avait à peu près son âge, sa chevelure brune était coupée à la garçonne et elle était vêtue d'un short bleu marine et d'un tee-shirt marqué d'un j'aime les baleines, en gros caractères. La blondinette lui rendit son sourire :

— Moi, c'est Lili et je viens de France. Et toi, tu viens d'où ?
Jade était la plus proche voisine, et elle avait entendu dire, par la bouche de ses parents, que de nouveaux voisins, arrivés récemment avaient une fille. Enfilant rapidement ses souliers, elle s'était dépêchée de faire le mur et de touver une nouvelle camarade de jeux. Elle lorgnait sur la poupée de Lili. Celle-ci sauta de la balançoire et la montra à Jade en disant :

— On joue ? C'est une princesse, elle veut qu'on la fasse belle pour aller danser.

Les deux fillettes entrèrent dans un monde rose et sucré. Il fallait

coiffer et parer Son Altesse, avant qu'elle aille au bal rejoindre son prince charmant. Lorsqu'elle fut prête, les petites dames de compagnie bavardèrent avec ce mélange enfantin d'envie de briller et de recherche d'amitié :
— Moi, j'ai dix ans.
— Moi, aussi, j'ai dix ans, et mon papa il est professeur, il sait plein de choses.
— Et moi, mon papa, il travaille tout le temps sur internet, et il est très riche.
— Et ma maman, elle est aussi professeur. Elle est très forte.
— Ben moi, ma maman, elle est toujours à la maison, comme ça elle peut bien s'occuper de moi.

Toutes deux étaient filles uniques, et elles s'ennuyaient durant les vacances d'été. La famille de Lili ne cessait pas de déménager, tous les deux ou trois mois, pour la protéger selon le discours paternel, mais à peine avait-elle eu le temps de se faire des amies qu'il leur fallait boucler les valises et partir, sans même un adieu. Cette fois, ils avaient décidé de changer de pays sous le prétexte que ça devenait "chaud" en France. Lili, outre préparer sa poupée pour le bal, aimait les histoires de vaisseaux spatiaux et de monstres verts et méchants. Jade, elle, préférait l'histoire. Pas la Nouvelle-France des colons, des Indiens et des Anglais, non, mais le moyen-âge de l'Europe, avec ses princesses, ses châteaux et ses chevaliers.

Lorsqu'elles se lassèrent, Lili proposa de jouer aux sorcières :
— Je suis la gentille sorcière et toi tu es la méchante ! D'accord ?
— Non, c'est moi la gentille !
— C'est pas possible, t'es pas assez jolie. Moi, je suis belle, alors c'est moi la gentille sorcière !
— Non, c'est toi qu'es moche !

Lili jeta un regard noir à Jade. La petite brune se tut un instant, puis reprit la parole d'un ton conciliant :
— Finalement, j'ai pas envie d'être une sorcière. Et si on jouait à l'école ? Je suis la maîtresse et toi tu es l'élève !

Lili lui répondit d'un ton boudeur :
— Non, je ne m'amuse plus avec toi.

La blondinette hésita avant de se laisser fléchir :
— Bon, d'accord. Mais c'est moi la maîtresse et toi tu es l'élève, et je suis très très sévère.

Les deux fillettes prirent chacune leur rôle, dans une ambiance un peu tendue. L'institutrice criait beaucoup sur sa classe et Jade prenait un ton narquois, d'une discrète insolence qui dénotait une longue pratique de l'effronterie scolaire. Agacée par l'attitude désinvolte de son élève, Lili s'irritait de plus en plus. Elle darda Jade d'un regard de braise. Sa voix montait dans les aigus. Jusqu'à l'explosion.

— J'en ai assez ! Je ne joue plus, tu m'énerves !

Jade afficha un grand sourire moqueur :

— Pourquoi ? Je ne comprends pas.

— Tu le sais très bien, pourquoi ! Tu n'arrêtes pas de faire des bêtises !

Jade ouvrit de grands yeux innocents :

— Mais non, je...

— Tu es laide, je ne t'aime pas !

La blonde était furieuse. Son regard perçant jetait des étincelles. Elle criait de colère. La brune réalisa qu'elle était allée un peu loin. Elle s'avança vers Lili et balbutia d'un ton conciliant :

— Écoute, je suis...

Elle s'interrompit, la bouche béante. Lili, le visage écarlate, la fixait avec une intensité surnaturelle. Ses yeux arboraient une détermination implacable et une haine pure qui firent détourner le regard de Jade.

Lili entrouvrit les lèvres en une grimace hideuse :

— Crève !

Ses iris flamboyèrent. Jade s'embrasa. Elle hurla, tituba vers la forêt avant de se jeter sur le sol et de se tordre frénétiquement. Ses cris se muèrent en gémissements alors qu'elle s'immobilisait. Il ne demeura bientôt plus qu'une masse carbonisée sur le sol. L'air empestait d'une odeur de viande grillée parfaitement incongrue. Lili avait observé la scène sans bouger, le sourire aux lèvres. Son visage afficha peu à peu une expression d'horreur, puis la fillette appela d'une voix où perçait la panique :

— Maman, maman, viens vite, ça recommence !

Une exclamation de surprise retentit dans la maison et Mireille surgit bientôt en courant. Elle se figea devant sa fille, interloquée. Elle fixa Lili, puis la forme oblongue étendue sur le sol. Elle ouvrit la bouche mais aucun son ne franchit ses lèvres. Ses narines se plissèrent alors qu'elle humait l'air. La compréhension éclaira peu à peu son visage d'une lumière noire. Elle baissa la tête, accablée. Sa fille vint se réfugier dans ses bras, les yeux humides de larmes. Mireille la réconforta un instant. Elles furent interrompues par un bruit de moteur. La mère de famille eut un instant d'angoisse avant de reconnaître la Prius de son époux. Elle poussa un discret soupir de soulagement. Robert entra dans la cour et se gara près du perron de la grande maison. Il descendit de la voiture et embrassa la scène du regard. Ses épaules s'affaissèrent, puis il marcha vers Lili d'un pas mal assuré. Il dévisagea sa fille d'un air désemparé :

— C'est encore arrivé. Nous allons devoir partir, à nouveau...

L'enfant protesta :

— Je l'ai pas fait exprès ! C'est pas moi !

La fillette sentit la colère la gagner à nouveau. De petites taches écarlates mouchetèrent son champ de vision. Elles grossirent rapidement et fusionnèrent, teintant sa vue d'un rouge sanglant. Le nœud qui lui enserrait les entrailles se dénoua et Lili sentit la haine monter en une vague incandescente. La chaleur familière lui empourpra le visage tandis qu'une rage sourde la submergeait. Robert scruta attentivement le visage de sa fille. Il la secoua. Ses yeux flamboyèrent.

— Pas de ça avec nous, Lili !

La voix paternelle était tranchante comme l'acier. La gamine sentit un grand calme la pénétrer. Elle se réfugia dans les bras de son père. Mireille s'approcha et enlaça son époux et sa fille.

Lili dit d'une toute petite voix, un peu geignarde :

— Excusez-moi, papa, maman, pardon ! Je ne voulais pas faire ça !

Son père l'embrassa et lui répondit dans un souffle :

— Ce n'est pas grave, ma chérie, l'important, c'est que nous soyons ensemble.

Lili se blottit dans les bras protecteurs. Une lueur cruelle brillait toujours dans ses yeux.

- FIN -

à la mémoire de Gilbert Marqués.

Vision nocturne de nos maux

Michaël Moslonka

« Je sais que l'amant passionné du beau style s'expose à la haine des multitudes. Mais aucun respect humain, aucune fausse pudeur, aucune coalition, aucun suffrage universel ne me con-traindront à parler le patois incomparable de ce siècle, ni à confondre l'encre avec la vertu. »

Charles Baudelaire
Reliquat des Fleurs du Mal : préface des fleurs

1 – L'encre et la vertu, ou : l'acte d'écrire.

Je vous l'avoue : j'ai à peine lu – ou plutôt « senti » – le parfum des Fleurs du Mal du grand Charles. Oh, bien entendu, j'ai saisi, au vol, certains effluves de son maléfique bouquet poétique : en parcourant quelques-uns de ses textes (Les Ténèbres, Le Portait, Le Cadre ou encore Le Mort joyeux) ou par l'intermédiaire d'autres auteurs qui en font le fil conducteur de certains de leurs romans : je pense au Vide de Patrick Senécal.[1]

Ce qui m'importe le plus, dans cette œuvre, ce sont les raisons qui ont poussé le jardinier à planter et à faire pousser ces fleurs. Celui-ci s'en explique lors de ses différentes tentatives de préface : de nombreux poètes s'étant partagé la lumière de l'écriture (de la poésie, plus particulièrement), il est apparu à Baudelaire « plaisant (…) d'extraire la beauté du Mal. » [2]

Si l'auteur des Fleurs du Mal laisse la fonction d'écrire à « ceux qui ont intérêt à confondre les bonnes actions avec un moyen de tirer les leçons de notre présent, de notre temporalité, de nous-mêmes et des autres ? De se révéler ? De se redresser face, non pas au Mal, mais aux maux de notre époque ?

Écrire est un acte lumineux de résistance et de résilience. Car la société meurtrit les corps, elle blesse les esprits et torture les consciences. Elle sacrifie l'individu, l'être humain, à ses projets de croissance, à ses idées brandies par les femmes et les hommes au-dessus d'autres femmes et d'autres hommes. La personne est mise de côté, froissée, malmenée parfois jusqu'à la mort, pour des intérêts ou pour l'idée que l'on se fait de l'Homme. Cet « Homme » adulé par Ludwig Feuerbach [4] : c'est à dire un exemplaire idéal de l'individu, une abstraction arbitraire construite dans l'intérêt d'en faire « un être générique mystérieux et impersonnel, doté de "pouvoirs" secrets. » [5]

2 – Les ténèbres et le citoyen technique, ou : le retour de l'obscurantisme.

Sans ôter sa propre responsabilité à l'individu, la société – avec celles et ceux qui la font tourner – conditionne nos actes. Le Siècle des lumières est définitivement terminé, très loin derrière nous. L'industrialisation a pris le relais. Enfer glaireux [6] où l'individu se noie, cette grande et soi-disant salutaire épopée a créé celui que Virgil Gheorghiu [7] nomme le citoyen technique. Le point d'orgue de l'avènement de cette création étant la Seconde Guerre mondiale durant laquelle l'être humain est « arrêté et envoyé aux travaux forcés, exterminé, obligé à effectuer qui sait quels travaux – pour un plan quinquennal, pour l'amélioration de la race ou autres buts nécessaires à la société technique sans aucun égard pour sa propre personne. » [8]

Cette triste (et sordide) considération continue dans certains pays dits totalitaires. Elle se poursuit de manière plus légitime dans nos démocraties actuelles : il n'y a plus de milice pour nous utiliser jusqu'à la mort lors d'un énième plan quinquennal ou délire arien, dorénavant, ce sont nos factures et nos crédits qui s'en chargent. Sans parler de notre besoin de consommer et sans omettre, non plus, le respect de la sacro-sainte valeur « travail ».

Notre âge est toujours celui d'une société travaillant « exclusivement d'après des lois techniques (...) et ayant une seule morale : la production. » [9]

Paradoxalement, par la chaîne de fonctions successives, On déresponsabilise l'individu de ses actes. Il devient le rouage d'une machine dévastatrice ainsi que le charbon qui alimente ladite machine. Terrifiante dichotomie qui le transforme : tantôt en citoyen technique qui blesse par automatisme les esclaves humains, tantôt en esclave humain qui souffre des actes mécaniques du citoyen technique.

Vous l'aurez compris : dans la tourmente de l'obscurantisme moderne, en chacun des citoyens techniques bat le cœur d'une personne. D'un être fait de chair et d'âme. Fort de cette présence, notre condition de robot jetable et servile s'effondre quand le malheur (né du fonctionnement des sociétés, et aussi de la simple fatalité), nous frappe de plein fouet : la fin d'une relation amoureuse, le décès d'un être proche, la maladie, la perte d'un travail, la misère, la guerre, les catastrophes naturelles, etc.

Alors, le vide se crée autour de nous et nous avalons la fange ténébreuse dans laquelle nous nous débattions en bon soldat. Le besoin – la nécessité – de parler se fait sentir en nous, sauf que la peur de mourir de dire [10] l'étouffe sans pitié, mais avec des regrets et un sentiment avilissant d'impuissance. De fatalisme.

3 – Mots et douleurs, ou : « qu'importe l'ombre en moi ! » ainsi parlait celui qui écrit.

Les ténèbres sont en nous. Nous les avons avalés, et elles y restent. Pour quelles raisons ?

Pour Boris Cyrulnik [11] « les circonstances de l'événement et les réactions de l'entourage sont coauteurs » [12] de notre silence. En effet, nous pressentons ce que nous récolterons si jamais nous ouvrons la bouche, si jamais nous desserrons les dents. Moquerie, responsabilité de notre propre malheur (« Tu l'as bien mérité ! » va-t-on nous dire), doutes dans notre entourage ou de nos contemporains sur ce qui nous est arrivé (pire : suspicion de mensonge), voire indifférence ou son contraire : ce que Cyrulnik appelle des questions obscènes.

Alors, par réflexe de protection, notre part de ténèbres (celle insupportable aux yeux du monde) restera dans les tréfonds de notre personnalité. Elle y existera, silencieuse. Et « cette histoire sans paroles gouvernera notre relation parce que des mots partagés, des récits silencieux » [13] nous nous en raconterons. Oui, en nous. En notre for intérieur. Sans arrêt.

La solution ? Celle-ci se trouve dans les mots euxmêmes. Car (toujours dixit Boris Cyrulnik) « les mots sont des morceaux d'affection » qui véhiculent de l'information (parfois minime, mais réelle à qui sait tendre l'oreille). Les mots sont aussi une stratégie de défense contre l'indicible, l'impossible à dire, le pénible à entendre.

« Qu'importe mon ombre, qu'elle me courre après ! Moi, je me sauve d'elle ». Ainsi parlait le Zarathoustra de Friedrich Nietzsche [14]. Eh bien, non. Ne fuyons plus. Faisons volte-face, jetons-nous sur notre ombre, plume à la main et plaquons-la au sol ! Couchons-la sur le papier. Si les mots ne sauraient sortir de notre bouche, alors écrivons-les. Ainsi, le blessé racontera (sera libre de raconter !) « l'histoire d'un autre qui, comme lui, a connu un fracas incroyable. » [15].

Ce que nous écrivons sur le papier, par un habile tour de passe-passe, appartient à un autre. Ce récit (en poésie ou en prose, dans une revue ou dans un roman, dans un roman, dans un carnet intime, sur un morceau de nappe en papier ou sur un forum Internet à l'abri derrière un pseudo, sous forme de fiction ou d'autobiographie) deviendra un « représentant de soi, un porte-parole. » [16]

Une fois nos maux mis en mots, il y a, certes, le soulagement dû à l'évacuation de la douleur, de cette honte chez la personne fracassée – cette nuit qui tombe sur elle et en elle, comme le raconte très précisément Patrick Senécal [17]. Un phénomène psychologique qui ne s'arrête pas là.

4 – Encres et ténèbres, ou : sans les ténèbres, la lumière n'aurait pas le même éclat.

D'après Nietzsche, « tout ce qui ne nous tue pas, nous rend plus fort ». Ce à quoi, j'ajouterai : tout ce que l'on écrit, nous rend plus fort. En trempant notre plume au cœur même de l'obscurantisme environnant, en utilisant comme encre les ténèbres qui ont élu domicile en nous, nous devenons ce que Max Stirner [18] nomme (et souhaite devenir) « un homme réel » et donc : à nous affirmer et à exister au sein de la multitude.
Cela va encore plus loin.
Qui dit « écriture » dit « lecture » et donc « lecteurs ». Par lecteurs, j'entends : nous même quand nous nous relisons ou les autres lorsqu'ils découvrent notre histoire (romancée ou autobiographiée).

Lire participe à rendre sa conscience au citoyen technique. À celles et ceux « qui ne peuvent rendre leur tablier » [19]. Ils deviennent plus aptes à comprendre la machine qu'ils alimentent au quotidien, à l'affronter, à s'en libérer, à supporter le regard des tristes hères qui n'auront su – pour l'instant – briser leur propre révolution de créature-rouage : ce « mélange d'envie et de désespoir, un désir d'exprimer ce qu'ils ne pouvaient s'offrir le luxe de dire » [20].

Écrire sert à domestiquer la noirceur qui gouverne notre monde, qui habite – qu'on le veuille ou non – notre psyché ou qui a meurtri notre âme et nos chairs. Lire nous éclaire et nous donne les moyens d'illuminer notre société.

Et si Jules Renard écrivait « Quand je pense à tous les livres qui me restent à lire, j'ai la certitude d'être encore heureux. », j'ajouterai : « Quand je pense à tous les livres qui me restent à écrire, j'ai la certitude d'être encore heureux. »

+++

[1] Scénariste et écrivain québécois.

[2] & [3] Les Fleurs du Mal – Reliquat des Fleurs du Mal – éditions Gallimard 1972 et 1996. p. 242/243

[4] Philosophe Allemand (1804 – 1872) auteur de L'essence du christianisme.

[5] Réponses de Max Stirner aux critiques (notamment celles de Ludwig Feuerbach) parues dans diverses revues de l'époque. Les traductions françaises sont issues de Ni Dieu ni Maître. Anthologie de l'anarchisme 1 / Daniel Guérin – Nouv. éd. – Paris : La découverte, 1999. (La Découverte/ Poche ; 70. Essais). p. 37&38.

[6] Mots utilisés par Michel Onfray au sujet de l'usine de saumurage des fromages où il a travaillé. Politique du rebelle – Traité de résistance et d'insoumission – éditions Grasset & Fasquelle/Le livre de poche, 1997. p. 22.

[7] Écrivain et théologien roumain (1916 – 1992)

[8] & [9] La 25e heure / Virgil Gheorghiu – éditions Pocket : janv. 2006. p. 61.

[10] Boris Cyrulnik : Mourir de dire – la honte – éditions

Odile Jabob, septembre 2010.

[11] Neuropsychiatre français.

[12], [13], [15] & [16] Boris Cyrulnik : Mourir de dire – la honte – éditions Odile Jabob, septembre 2010. p. 7&8.

[14] Philologue, philosophe et poète allemand (1844 – 1900).[17] Le Vide – Tome 1 : Vivre au Max – éditions Alire, 2008. p. 336.

[18] Philosophe Allemand (1806 – 1856), auteur de Der Einzige und Eigentum (L'Unique et sa propriété).

[19] & [20] Michel Onfray. Politique du rebelle – Traité de résistance et d'insoumission – éditions Grasset & Fasquelle/Le livre de poche, 1997. p. 26.

Nos encreurs

Hélène Boudinot

Encrée étant son premier texte publié, que peut-on raconter dans la biographie de Hélène... ? Et pourtant, elle a commencé à écrire dès l'âge de six ans, certainement un peu sous l'impulsion de son frère Florian. Passionnée par la littérature de l'imaginaire, la jeunesse et la poésie, elle écrit beaucoup jusqu'à la fin de l'adolescence, avant de faire une très longue pause... Elle en profite pour passer de l'autre côté du miroir : parallèlement à des études d'édition, elle fait un peu la connaissance du milieu SFFF et fonde avec Florian le site Internet « Traversées Oniriques », qui proposait des concours de nouvelles (projet auquel se sont ralliés des membres de sa famille). Aujourd'hui elle a bi-en l'impression d'avoir trouvé sa place : elle travaille dans une maison d'édition spécialisée en imaginaire et elle s'est remise (doucement) à l'écriture, notamment grâce à l'enthousiasme et à la motivation qu'elle a trouvée sur le forum Cocyclics.

Bon, finalement, il y avait de petites choses à dire...

Samia Dalha

Samia Dalha pousse son premier cri au siècle dernier à la localisation très précise de 47°13N et 01°35W.

Son rendez-vous avec le fantastique et la science-fiction est alors en marche ; il aura lieu devant une rediffusion de la 4ème Dimension. Subjuguée, il ne sera plus question pour elle de rater le moindre épisode.

La pompe est amorcée et la suite, pour l'instant tapie sous le lit, attend tranquillement son heure. Ce sera chose faite avec la découverte dans la bibliothèque familiale du Horla de Maupassant. Puis, à leur tour, les maîtres du genre feront leur entrée en scène, parmi eux Stephen King, Shirley Jackson, Lovecraft, Robert Bloch, Charles Dickens, Seabury Quinn... Elle ne cessera de les relire jusqu'à ce que les pages se détachent.

Enfin, la révélation finale se produira quelques temps plus tard à

la lecture des nouvelles de Richard Matheson.
Cette fois, c'est décidé, elle écrira elle aussi...

Frédéric Gaillard

Eduquatreur de profession, guitartiste chansonniais mondialement inconnu, il est menteur-compositeur-interprète de purs chefs-d'oeuvre - comme "Au nom du Quick" ou "la fabuleuse aventure de Toto le spermato", écriveur d'histoires depuis 2003 et grand amateur de fantastique et de science-fiction depuis toujours. Selon les critiques lues sur le web, il écrirait sans l'aide de l'hémisphère gauche de son cerveau, siège de la raison et de la conscience analytique...

Son adresse web :
http://www.myspace.com/vieufou

Sa page chez BDFI :
http://www.bdfi.net/auteurs/g/ gaillard_frederic.php

Alice Ray

Née en 1992, Alice Ray écrit depuis toujours. Ses textes évoluant avec elle, elle s'est très vite tournée vers la science-fiction et l'épouvante. Passionnée de cinéma, elle tente avec les mots de faire surgir des images dans l'esprit du lecteur, de montrer une autre réalité, un autre espace temps. Petit à petit, elle s'est détachée de ceux qui l'ont inspiré, comme Philip K.Dick, Lovecraft, Chuck Palahniuk, Aldous Huxley, pour se créer son propre univers.

Son site internet :
http://alice-ray.blogspot.com/

Syven

Installée dans le finistère nord en France, Syven vit de l'informatique et de la rédaction technique.
Passionnée par le côté obscur de la force, les super-héros, les dragons, les vaisseaux spatiaux, le XIXeme, les monstres, elle souffre d'une légère addiction aux livres depuis sa plus tendre enfance. Par dessus tout, elle aime écrire et ne s'en prive pas. Présidente de

l'association « Tremplins de l'Imaginaire », Syven est l'initiatrice de CoCyclics, un collectif d'écrivains qui travaillent à améliorer leurs manuscrits et à promouvoir les littératures de l'Imaginaire.

Ses sites web :
    http://cocyclics.org/
    http://syven-mondes.blogspot.com

Bernard Weiss

Bernard Weiss vit en France (Île-de-France) avec son épouse et ses trois enfants. Né en 1965, il a toujours baigné dans la SF, la fantasy et le fantastique.

Après de longues années de tergiversations, ou de maturation, il est passé de l'autre côté du miroir pour écrire ses propres histoires, toujours dans le domaine de l'imaginaire.

Il a quelques publications à son actif, dans des anthologies ("Charmants enfants", in Le monde selon Eve, éditions Voyel, 2010, "Cadeau de Nain", in Et il est descendu par la cheminée, éditions Fan2fantasy, 2010) ou des fanzines ("Grand sorcier" et "Créature marine", in Codex Poeticus n°5, 2010, "La sirène" in Vanille Givrée n°9 p5, 2010, "Joyeux anniversaire !" in La Lucarne, éditions La Madolière, 2009, "Un été arctique", in La Gargotte Acide n°6, 2009, "Le corps des fées", in Vanille Givrée n °6, 2009, "L'édifiante mésaventure du Petit Chaperon Rouge", in La Gargotte Acide n°4, 2009), et, désormais, dans Nocturne.

Nos guillocheurs

Alda

Née en 1985 non loin du lac d'Annecy, Alda a très vite découvert que sa grande passion dans la vie était de dessiner pendant les cours. En conséquence, elle a eu énormément de mal à lâcher ses études, ce qui est le genre de chose à vous faire finir prof de grec ancien, même s'il est beaucoup plus difficile de dessiner pendant un cours quand c'est vous qui le donnez. Elle fait cependant de son mieux pour continuer à griffonner quand l'occasion se présente, et ne désespère pas de franchir un jour le grand pas vers le statut d'illustratrice professionnelle quand Aristophane lui en laissera le loisir. On ne pourra pas dire qu'elle ne sait pas rêver.

Son site internet :
  http://www.mi-chemin.net/

Cyril Carau

Cyril Carau est né en janvier 1971 à Marseille. Il a créé l'Abstraïsme en 1988 en réponse à une sorte d'exigence, de probité artistique et pour résoudre des problèmes typiquement picturaux. Ses techniques de prédilections sont l'huile, l'acrylique, le crayon, les encres, et surtout le sépia. Il s'est également initié aux techniques numériques.

Il a étendu plus loin cette esthétisation du monde par l'appui du Texte soit de façon philosophique, soit de façon plus métaphorique par la littérature de genre et le théâtre. Depuis il a écrit le polar L'Ange de Marseille (Éditions Sombres Rets, 2009). Il a dirigé l'anthologie Pouvoir et Puissance (Éditions Sombres Rets, 2009). On lui doit, la même année, Masques de Femmes, recueil co-écrit et illustré avec sa compagne Élie Darco, paru au Calepin Jaune Édition (et réédité en 2011 chez Sombres Rets), et en avril sortira son polar historique le chant du cygne aux éditions de la Frémillerie. Cyril dirige aussi le portail littéraire OutreMonde et sa web-revue Univers.

Son site :
http://cyril.carau.outremonde.fr

Elie Darco

Marseillaise d'adoption et tout juste trentenaire, Élie Darco réalise des illustrations entre ombres et couleurs, œuvrant, au gré de l'inspiration, à l'encre, à la mine de plomb et à la peinture numérique. Auteure de nouvelles, anthologiste, webmestre, elle a récemment mis un trait final aux vingttrois encres d'un roman graphique, Le Chant du Cygne de Cyril Carau. Et cosigne avec ce dernier un recueil illustré de nouvelles fantastiques victoriennes, Masques de Femmes, qui vient de paraître aux éditions Sombres Rets.

Son site :
http://elie.darco.outremonde.fr

Merci à vous tous d'avoir participé à l'aventure :

« Encre et Ténèbres ».

Prochain AT :

"Toiles et Démence"

La folie se soustrait de sa conscience animale et l'incite à tisser ses funestes fils dans le vide spectral de la nuit. La toile en est le fruit, la démence en est le trouble.

N'avez-vous jamais observé cette toile de maître, vous meurtrissant, de part son exécrable perfection, jusqu'au plus profond de votre âme ? N'avez-vous jamais succombé à l'horreur qui, perfidement, s'affirme sur le web ? Laissez libre cours à votre imagination et faites de ces deux termes un tableau cramoisi !

Que les toiles embaument l'horreur ! Que la démence écorche vos écrits !

Support de publication: Format papier
Date limite de soumission : 30 Avril 2011, à 23h59
Genre : fantastique, horreur, épouvante
Nombre de signes (espaces compris) : **minimum 5000, maximum 13000 (+/- 5%)**

Manuscrit à envoyer à : nocturnefanzine.ats@gmail.com ou sur http://www.nocturne-zine.com/ via le formulaire de soumission disponible sur le site.

Edition : Books on Demand
12/14 rond-point des Champs Elysées
75008 Paris
Imprimé par Books on Demand, Norderstedt
ISBN : 9782810619948
Dépôt légal : mars 2011